www.ingramcontent.com/pod-product-compliance
Lightning Source LLC
LaVergne TN
LVHW051108051026
849532LV00004BB/1480
9789358726374

ٹِشو پیپر

(افسانے)

مشرف عالم ذوقی

Tissue Paper (Short Stories)
by: Musharraf Alam Zauqi
Edition: March '2024
Publisher :
Taemeer Publications LLC (Michigan, USA / Hyderabad, India)

ISBN 978-93-5872-637-4

کتاب	:	**ٹشو پیپر** (افسانے)
مصنف	:	**مشرف عالم ذوقی**
پروف ریڈنگ / تدوین	:	اعجاز عبید
صنف	:	فکشن
ناشر	:	تعمیر پبلی کیشنز (حیدرآباد، انڈیا)
سالِ اشاعت	:	۲۰۲۴ء
صفحات	:	۱۲۲
سرورق ڈیزائن	:	تعمیر ویب ڈیزائن

فہرست

پارکنسن ڈزیز

"محبت / اپنی پوری آگ اور شدت سے /
زلزلہ کے تیز جھٹکے کی طرح ہلا دیتی ہے آپ کو اندر تک /
محبت اپنی تمام تر تمازت اور احساس کے ساتھ /
مسلسل آپ کو ہلاتی رہتی ہے۔۔۔"

بوڑھا اور شرط

اس کمرے میں کھڑکی نہیں تھی۔ روشن دان نہیں تھا۔ کمرہ بند کرتے ہی ایر کنڈیشنڈ کی ٹھنڈک کے ساتھ بھیانک ڈپریشن کا بھوت، اچانک ہی شیشے کی چمچماتی زمین پر چلتے ہوئے اپنے پاؤں پھیلا لیتا تھا۔

'یو۔۔۔نو۔۔۔ہاss ہاss'

وہ ہنس رہا تھا — وہ یعنی رمیش کالرا۔ 'میری ڈوانہ' کمپنی کے کال سینٹر میں اب اس کی حیثیت اور رتبہ میں اضافہ ہو چکا تھا۔ یہ اس کے لیے ایک ایسی خوبصورت اُڑان تھی' جس کا تذکرہ کرتے ہوئے وہ اچانک کسی 'دانشور' میں تبدیل ہو جاتا تھا۔

*

'مین گیٹ، پھر برآمدہ پار کرتے ہی وہ بوڑھا کمزور جسم دکھائی دے جاتا تھا۔ رمیش کے پرسنل کمرے میں داخل ہوتے ہوئے — وہیں جالی لگے دروازے کے پاس کرسی پر بیٹھا ہوا۔۔۔ مگر وہ ہل رہا تھا۔۔۔ نہیں، بادلوں میں پھنسے ہوائی جہاز میں بھی آپ ایسے

نہیں ہلتے۔ سامنے کوئی دشمن یا دہشت گرد اچانک آپ پر پسٹل یا بندوق تان دے تو۔۔۔ تب بھی نہیں۔ شتابدی ایکسپریس کے پسینجر بھی ایسے نہیں ہلتے ہوں گے۔ سردی سے ٹھٹھرتی ویران راتوں میں، اور ذرا تھوڑی سی بارش ہو جائے تو۔۔۔'تب بھی بے حد کم کپڑوں میں سمٹی ہوئی 'بے چارگی' اور مفلسی' ایسی نہیں ہلتی آتی ہے، جیسے۔۔۔ شاید اسی لیے رمیش کالرا کی ہر ہنسی مجھے وہیں لے جا رہی تھی —اُس ہلتے ہوئے بوڑھے کی طرف۔ جو آپ کی ہنسی' قہقہے سے بے نیاز صرف ہلے جا رہا تھا۔

'ہوss ہوss' رمیش میری طرف مڑا—بوڑھے آدمی ہلنے کے لیے ہی ہوتے ہیں۔ اس لیے کہ اپنے لمبے تجربہ کی سڑک تک۔۔۔ وہ سب کو اتنا ہلا چکے ہوتے ہیں کہ —ان کے پاس اس عمر میں پہنچنے کے بعد۔۔۔ یونو۔۔۔ صرف ہلنا ہی باقی رہ جاتا ہے۔۔۔'

رمیش نے قہقہہ لگایا تھا۔ ایک زوردار قہقہہ۔ کسی پر جوش گھوڑے کی طرح ہنہناتے ' ہلتے اس کے پورے وجود نے مجھے ایک ساتھ آج پیش آنے والے کتنے ہی واقعات کی یاد تازہ کر دی تھی۔

آج کا پورا دن ہی بوڑھوں کے نام تھا۔ جوان آدمی کے پاس اپنے سے زیادہ بوڑھی عمر کے قصے ہوتے ہیں —بوڑھوں میں ان کی کشش دراصل ان کے لیے ایک فکر اور چیلنج جیسی ہوتی ہے —دیکھو۔ تم بھی وہی ہونے جا رہے ہو۔ یعنی بس کچھ دنوں کے بعد۔ لاچاری کے پائیدان پر کھڑے۔ کچھ نوجوان اس 'دل دہلا' دینے والے قصے کو اس لیے بھی نہیں سننے کا بہانہ کر رہے ہوتے ہیں کہ وہ مستقبل کے سہمے ہوئے آئینے میں اپنا عکس دیکھتے ہوئے بھی ڈر جاتے ہیں۔

رمیش نے پھر ٹھہاکہ لگایا—"ہوئی ہوئی میرے جذباتی دوست۔ انہیں ٹھنڈک برداشت نہیں ہوتی۔ میرے بے حد جذباتی دوست۔۔۔ اسی لیے وہ ہلتے رہتے ہیں۔"

"اوہ! یقینی طور پر میرے عزیز دوست۔ لیکن میں کہہ سکتا ہوں۔ ایک دن وہ اپنے اکیلے پن کی زندگی سے گھبرا کر اتنی زیادہ گرمی محسوس کریں گے۔۔۔ کہ۔۔۔ نہیں تم ہنس رہے ہو۔۔۔ یقین کرو۔ میرے عزیز دوست۔ ان کا ہلنا بند ہو جائے گا۔۔۔"

پہلی بار مجھے بھی اس بات کا احساس نہیں تھا کہ میں کیا کہہ رہا ہوں یا جس جسم کو ابھی کچھ دیر پہلے میں نے یوں ہلتے ہوئے دیکھا تھا، اس کے بارے میں میرا یہ سوچنا، یقیناً رمیش کے لیے یہ ہنسنے والی بات تھی اور اس وقت وہ یہی کر رہا تھا۔

ہوSS ہوss یعنی تم بھی۔۔۔ پورے مسخرے ہو یار۔۔۔ وہ پیٹ پکڑ کر ہنس رہا تھا ۔۔۔یعنی، آج بھی تم کسی کرشمہ یا جادو پر بھروسہ کرتے ہو؟

ہر عمل کا اس کے برابر اور برخلاف ایک ردّ عمل ہوتا ہے ـــ اس لیے کرشمہ تو ہوا تھا لیکن اس کرشمہ کا رنگ روپ مختلف تھا۔

جھوٹ کی سلطنت

بولتے ہوئے اس کی ناک ذرا سا سکڑ جاتی تھی۔ منہ سے ادا کیے جانے والے مکمل جملوں کے دوران تھوڑے سے لفظ اس کی سانسوں کے نام ہو جاتے تھے۔ آگے کے بال تیزی سے اڑنا شروع ہو گئے تھے۔ رمیش کالرا کی زندگی کے بہت سے موڑ ایسے تھے، جسے شاید صرف میں جانتا تھا۔ ذہین، مگر ذہانت کا غلط استعمال کرنے والا، پر وقار، اڑنے کے لیے کسی بھی حد تک جاسکنے میں کوئی جھجک نہیں۔ اس لیے جھوٹ اس کے لیے ایک مضبوط ہتھیار کے طور پر رہا۔ یعنی ایسے لوگوں میں آپ اس کا شمار کر سکتے ہیں، جو جھوٹ کو اپنے مستقبل کے منصوبوں کے طور پر بھی لیتے ہیں ـــ رمیش کی شادی دلچسپ حالات میں ہوئی۔ بیوی ہائی فائی گھر کی تھی۔ ان دنوں رمیش کے جھوٹ بولنے کے دلچسپ سلسلے کا آغاز ہو چکا تھا۔ بچپن سے اس کے شاہانہ مزاج نے اسے بتایا تھا ـــ اڑنا ہے تو گلا کاٹنا

سیکھو۔ سیاسی نیتاؤں کے گھر کے چکر — کسی کو کام دلا کر کچھ پیسہ بنالینا — پھرڈ سکو تھے۔ فائیو اسٹار ہوٹل لابی میں بے وجہ جا بیٹھنا۔ تھوڑی سی ہیرا پھیری نے سیکنڈ ہینڈ کار بھی دلوا دی — ایک خوبصورت سی ٹاٹا سفاری اسے کوڑیوں کے مول مل گئی۔ ہوا یوں کہ یہ سفاری ایک ڈاکٹر کی تھی۔ اور ڈاکٹر کے بندے کا ایک پھنسا کام ہمارے رمیش کالرا نے اپنی وزیر تک پہنچ کے حساب سے کرادیا تھا۔ ٹاٹا سفاری کا ایکسیڈنٹ ہوا تو ڈاکٹر صاحب نے اسے منحوس سمجھ کر دوسری لینے کا فیصلہ کیا۔ اور اس طرح کوڑیوں کے مول یہ گاڑی رمیش کالرا کے پاس آگئی۔ اور یہیں فائیو اسٹار ہوٹل میر انڈا کی لابی میں اچانک اس کی ملاقات مسکان سے ہوئی تھی — اسکرٹ، سلیولیس، بے بی شرٹ جس سے اس کا آدھا پیٹ نظر آرہا تھا۔ سوالوں کا تبادلہ ہوا — رمیش نے دھیرے سے کہا — آئی اے ایس کا امتحان دیا ہے۔۔۔ بس گوٹی فٹ تھی۔ تیر سیدھے نشانہ پر لگا تھا —

کپڑوں کی سمجھ بوجھ اچھی تھی۔ یہ لگاتار فائیو اسٹارس ہوٹل میں جانے کی وجہ سے ہوا، یا جو بھی وجہ ہو، مگر اچھی اسٹائلش انگلش اور اچھے پہناوے سے یہ یقین کرنا مشکل کہ بار بار ناک سکوڑنے والا کالرا ابھی آئی اے ایس بننے کا خواب دیکھ سکتا ہے۔

شاید یہی مسکان کے، کالرا سے قریب آنے کی کہانی تھی۔ اس کہانی میں آگے بھی بہت کچھ شامل رہا۔ جیسے مسکان کے بزنس مین والد سے ملاقات۔ ان کا دل جیتنا، ٹاٹا سفاری کی شاندار سواری — اور کالرا کا مخصوص اسٹائلش انداز۔

کہیں ایک بوڑھے اور لاغر جسم میں پرانی اور ختم ہوتی ہوئی تہذیب کے آثار باقی رہ جاتے ہیں۔ یہ اخلاقیات کی پرانی نشانیاں کالرا کے باپ میں زندہ تھیں۔ وہ پرانے زمانے کے تھے۔ پرانے انداز سے سوچتے تھے۔ اس لیے اُن کے وجود میں یہ نشانیاں ضرورت سے کچھ زیادہ ہی زندہ تھیں — دو کمرے والے ایک پرانے گھر میں رہنے والا رنویر کالرا'

رمیش کے لیے ایک بوجھ یاد جبّے سے زیادہ نہیں تھا — بس، پیدا کرنے کے جرم نے اس ہونی یا 'کباڑ' کو تسلیم کر لیا تھا — ماں کا انتقال ہو چکا تھا۔ دو بہنوں کی شادی ہو چکی تھی۔ شادی کے لیے ایک اچھے گھر کا بندوبست بھی کرنا تھا۔ بینک سے ایک بڑی لون پوری پلاننگ کے طور پر رمیش نے سینکشن کرا لیا — کہ بزنس مین کی سونا دینے والی مرغی کے آتے ہی سب ٹھیک ہو جائے گا۔

اور یہی وہ وقت تھا، جب مکمل سورج گرہن لگا تھا — اور یہی وہ وقت تھا جب خاموش خاموش بیٹے کی حرکتوں کو دیکھتے سمجھتے، اس سے گالیاں کھانے والا باپ رنویر کالرا ملنے لگا تھا — جیسے گھوڑے ملتے ہیں۔ شاید یہ برسوں سے اندر دبی ہوئی خاموش چنگاریوں کا نتیجہ تھا کہ وہ ایک ایسے مرض میں مبتلا ہو گئے — جو ان کے خاندان یا ان کے آباء و اجداد میں کسی کو نہیں تھا۔

بینک سے لون مل جانے کے فوراً بعد پریت وہار میں کالرا نے ایک کوٹھی بھی خرید لی اور اس کوٹھی کی بھی الگ کہانی تھی — یہ کوٹھی ایک بیوہ کی تھی، جس کے بیٹے غیر ملک میں آباد ہو گئے تھے۔ رمیش کے مسلسل آنے جانے اور چھوٹے موٹے کام کر دینے سے بیوہ پر رمیش کا جادو چل گیا تھا۔ بیوہ کو پریت وہار کی اپنی کوٹھی چھوڑ کر 'روہنی کے چھوٹے سے گھر میں جانا تھا، جہاں اس کی ایک منہ بولی بیٹی رہتی تھی — اور یہیں سے دو مہینے بعد اُسے غیر ملک بیٹے کے پاس چلے جانا تھا۔ کوٹھی کی قیمت طے ہوئی۔ دو قسطوں میں پیسے ادائیگی کی بات ہوئی۔ ساری لکھا پڑھی کرتے ہوئے رمیش نے صاف بتا دیا کہ کوٹھی اپنے نام رجسٹری کرانے کی منشا صرف اتنی ہے کہ کل کو ادائیگی کے لیے جواب دہ وہی رہے۔ آدھی کہانی یہ ہے کہ بیوہ کو یہ ملک چھوڑنے تک آدھی ادائیگی نہیں ہو سکی — اور وہ رمیش کے نام ایک چھوٹا سا مقدمہ دائر کر گئی۔ لیکن ایسے کتنے ہی مقدمے اس کے نام

چلے بھی بند بھی ہو گئے۔

مسکان گھر آئی تو جیسے ایک کے بعد ایک دھماکے ہوتے گئے — لیکن رمیش کی اپنی دنیا میں اس کے آنے کے باوجود کہیں کوئی تبدیلی نہیں آئی تھی — مثلاً مسکان نے پوچھا —

"تم آئی ایس کی تیاری نہیں کر رہے تھے —؟"

"نہیں۔"

"کیوں بولا جھوٹ؟"

"تم کو امپریس کرنے کے لیے۔"

کوٹھی کے ایک کمرے میں وہ بوڑھی جھریوں والا آ چکا تھا — جس کے علاج پر پیسے خرچ کرنے کا خیال رمیش کے لیے ایسا ہی تھا، جیسے ریس کورس میں کسی مرے گھوڑے پر داؤ لگانے کا خیال —

مسکان کئی دنوں تک روتی رہی۔ بزنس مین باپ نے سمجھایا — اور اس طرح ساجھے میں ایک کال سینٹر میری ڈوانا کمپنی کی باگ ڈور اس کے ہاتھوں میں آ گئی — اور یہ وہی وقت تھا، جب وہ اپنے حسین خوابوں کا جوا کھیلنے کے بعد شاید اپنے آپ میں خود ایک خواب بن گیا تھا — جذبات، محبت، اصول، رشتوں سے دور اس کے لیے سب کچھ پیسہ تھا۔ پیسوں کی ریس میں کسی بھی حد تک آگے نکلنے تک' اس نے اپنے سارے دروازے کھلے رکھے تھے —

اور ان سے الگ، گھر میں اس بوڑھے اور لاغر جسم کی موجودگی تھی — جو سارا دن کرسی پر بیٹھا ہلتا رہتا تھا — اور میرے لیے اگر کہیں کوئی حیران کر دینے والی شئے تھی، تو بس بوڑھے رنویر کالرا کا مسلسل ہلتا ہوا جسم — جھریوں بھرے چہرے کے گوشت ڈھیلے

پڑ گئے تھے۔ آنکھوں سے عینک ہٹ گئی تھی۔ کرتا یا پائجامہ ڈھیلا ڈھالا —ایسا لگتا جیسے کسی 'بجوکا' کو کپڑے پہنا دیئے گئے ہوں —بے حرکت لنج پنج ہاتھ ۔۔۔ آنکھیں کہاں دیکھتی ہیں اور کہاں نہیں، تب یہ سب طے کر پانا مشکل تھا—لیکن کیا وقت کے ساتھ اس جسم میں کسی تبدیلی یا کرشمے کی کوئی امید کی جاسکتی تھی —شاید نہیں۔ اسی لیے اس چھٹی والے دن رمیش کے گھر آنے کے بعد میں پھر اس کمرے میں گیا، جہاں رنویر نامی 'بجوکے' کو کرسی پر ملنے کے لیے چھوڑ دیا گیا تھا—کافی دیر تک اُسے غور سے دیکھنے کے بعد میں تھوڑا فکر مند اور غصے کی حالت میں تھا۔

'ہاں، ہلو، ہل سکتے ہو تم۔ اس لیے کہ پورا ملک اس وقت ہل رہا ہے۔ جنتا ہل رہی ہے۔ سرکار ہل رہی ہے، سیاست ہل رہی ہے، لوک سبھا سے سڑک تک سب کچھ ہل رہا ہے۔ اور جان لو تمہاری ان کمزور بنیادوں کو ہلانے کے لیے اب کسی زلزلہ یا سانحہ کی ضرورت نہیں —اس لیے کہ ملک سے انسان اور سماج سے سیاست، مذہب سے حکومت، تہذیب تک کوئی بھی چیز جامد نہیں —نہیں۔ سب ہلے جارہی ہے۔'

'کوئی کرشمہ ہوا —؟ ہو sss ہو۔۔۔'میری ڈوانا کمپنی کا مالک اب میرے سامنے تھا —'سنو ساتھی۔ کرشمہ صرف یہاں ہوتا ہے —وہ اپنے دماغ کی طرف اشارہ کر رہا تھا— اور ایک بار پھر یہ بتانے کو بے چین تھا کہ اب وہ میری ڈوانہ کمپنی کا ساجھیدار نہیں، بلکہ مالک بن چکا ہے — تھوڑی سی رشوت، تھوڑا سا جھوٹ، تھوڑی سی جعلسازی، اور ایک بار پھر مسکان کے بزنس مین باپ کو گہری شکست دینے کے بعد —اب اس کے تیور بدل گئے تھے۔ اس کا پرانا ساجھیدار یا پارٹنر مسکان کے باپ کا دوست تھا—اور یہ پارٹنر شپ اس نے مسکان کے والد کے کہنے پر ہی قبول کی تھی — مگر بقول رمیش کالرا۔۔۔ ایک ایک کر کے آپ کو اپنی حفاظت دینے والی ساری اینٹیں ہٹانی پڑتی ہیں۔۔۔

'اس سے تو آپ گر جائیں گے۔۔۔ مطلب آپ خطرہ کے اندر رہوں گے۔'

'نہیں نا۔۔۔' وہ ہنس رہا تھا۔ خود مختار۔ اپنی مرضی کا مالک — حفاظت کی ساری اینٹوں کے ڈھہتے ہی آپ ہوشیار اور اپنی حفاظت کے لیے مجبور ہو جاتے ہیں۔ کسی پر بھروسہ نہیں۔'

وہ کسی فلاسفر کے انداز میں کھڑکی کی طرف دیکھتا ہوا کہہ رہا تھا—'وقت کے ساتھ خواب، محنت اور جدوجہد کے انداز بدل گئے۔ اس لیے کامیابی کی چابی کے لیے زمین بھی بدلنی پڑی —بدلتے ہوئے بازار کو دیکھنا پڑا اور اس کی تائید میں کھڑے ہونے کے لیے تھوڑا سا خود غرض بننا پڑا —در اصل یہ سب کچھ نیا نہیں ہے میرے دوست۔ دوسروں سے کچھ الگ ہٹ کر جینا، جیسا کہ میں چاہتا تھا—چاہتا ہوں، ہمیشہ سے —وہ دھیرے سے بولا۔ اس نئی عالم کاری تہذیب میں ہمیں اپنا جغرافیہ اور تاریخ اپنی صلاحیت کے مطابق ہی لکھنا پڑتا ہے نا—اس لیے ایثار سے تیاگ اور تپسیا سے آدرش تک۔۔۔ سب اپنے لیے ہی محدود—'

وہ آہستہ سے کھکھارا — لیکن تھوڑی سی خود غرضی کا حصہ رکھ چھوڑا ہے — ہندوستانی ہوں نا۔ اُس اکیلے پن کی خاموش وادیوں میں رکھی اُس کرسی کے لیے جس پر تمہارا کرشمہ ہل رہا ہے —ایک دن ہلنا بند —اور کرسی کسی دوسرے کمرے میں رکھ دی جائے گی۔ اُس دن خود غرضی کی کہانی کا یہ باب بھی اپنی تکمیل کو پہنچ جائے گا—

یہ ایک بھیانک سچ تھا۔ اور شاید اسی لیے میں اس نظام کے اس ناقابل فراموش لمحے سے کوئی امید لگائے بیٹھا تھا کہ اس بوڑھے کا ہلنا بند ہو —کیونکہ ایک بھی آدمی بدلتا ہے، کہ پرانے سڑے ہوئے مارکسی اصولوں پر چلنے کی عادت نے اچانک ہی ہم دونوں کے درمیان ہونے والے مکالمہ کو ایک معنی خیز یا بیکار شرط میں تبدیل کر دیا تھا۔ اور ہر بار

رمیش اپنے ہونے کی بے رحم حقیقت کے ساتھ، وقت، تاریخ اور تہذیب کی چڈّی چدّی کرنے میں مصروف ہو جاتا — میرے راستے مختلف تھے۔ شاید اسی لیے اس کے اندر لگاتار چلنے والی تبدیلیوں کو میں ایک بھیانک تہذیبی سانحہ کے طور پر دیکھنے کے لیے مجبور تھا۔ دنیا کے نئے سوفٹ ویئر، آؤٹ سورسنگ، مال، ریلیٹی شوز، پھیلتے ہوئے شہروں کے درمیان شاید ہم کسی قدیم عہد کے ڈائنا سور میں تبدیل ہو چکے تھے اور رمیش مزاجاً بازار اور اس کے نظام کے ساتھ چلتا ہوا صرف اپنا سفر طے کر رہا تھا۔

لیکن یہاں ایک چھوٹا سا واقعہ ہوا تھا۔ میری ڈوانا کمپنی سے کھنّہ کا بوریا بستر ہٹانے کے فوراً بعد وہاں شلپی نے ایک ڈائرکٹر کے طور پر اپنا چارج سنبھالا تھا، اور مجھے ایک نئی تبدیلی کے اشارے مل گئے تھے۔ پھر جو خبریں اڑتی اڑتی مجھ تک پہنچی تھیں اس میں خوشبو، بارش، تتلی اور عیاری سب کے تھوڑے تھوڑے حصے موجود تھے — مجھے معلوم ہو گیا تھا، شلپی نے ہمارے اس جھوٹوں کے شہنشاہ کو اپنے مایا جال میں جکڑ لیا ہے۔ شاید اپنے ہی حالات سے لڑتے لڑتے یا جد وجہد کرتے ہوئے ہم ایک عورت کے جسم کے آگے ہتھیار ڈالنے کو مجبور ہو جاتے ہیں۔ اور زندگی میں ہونے والے حادثے، بہت سی الجھی بکھری کہانیوں کو صرف ایک عورت کی موجودگی سلجھانے کی وجہ بن جاتی ہے۔

بوڑھے کی جگہ

مجھے یقین نہیں تھا کہ اس واقعے کے کچھ ہی مہینوں بعد، مجھے ایسے 'غضبناک' حالات کا سامنا بھی کرنا پڑ سکتا ہے — رمیش نے مجھے بلایا تھا۔ لیکن وہ آواز کسی کسی سپر ہیرو یا کسی چٹان کی طرح مضبوط شخص کی یا مہانایک نہیں تھی۔ مجھے اس آواز میں ایک ہارے ہوئے مرد کا چہرہ بھی نظر آیا تھا۔ بہر حال، یہ کچھ مہینوں بعد ہی رمیش سے میری دوسری یا تیسری میٹنگ تھی، مگر وہ اپنے اسی کمرے میں، پتہ نہیں، کیوں مجھے برسوں کا بیمار نظر آرہا

تھا — جب کہ وہ خود کو نارمل دکھانے کی تیاری تو شروع میں کرتا رہا، لیکن جلد ہی ٹوٹنے بھی لگا۔

اس کمرے میں کھڑکی نہیں تھی۔ روشن دان نہیں تھا۔ کمرہ بند کرتے ہی ایئرکنڈیشنڈ کی ٹھنڈک نے اچانک ہی میرے اندر پاؤں پھیلانے شروع کر دیئے تھے۔ رمیش کرسی پر بیٹھا تھا۔ ہونٹوں پر سگریٹ — کسی گہری سوچ میں ڈوبا۔۔۔

'یونوsssہوsssہو۔۔۔' آج ایسا کچھ بھی نہیں تھا۔ لفظ کسی تنگ گلی میں گم تھے۔

'سنا' مسکان تمہیں چھوڑ رہی ہے۔۔۔'

اس نے پلٹ کر دیکھا — 'شادی کے دو سال ہو گئے جس دن سے آئی، اسی دن سے چھوڑ رہی ہے۔۔۔'

'وہ چاہتی کیا ہے؟'

'سمپل۔ طلاق چاہتی ہے۔ سپریم کورٹ کے حکم کے مطابق ذہنی اذیت طلاق کے لیے آج ایک معمولی بہانہ بن چکا ہے۔ جس کے پیش نظر کوئی بھی عورت کسی بھی مرد سے طلاق لے سکتی ہے' رمیش کے لفظ دھماکہ خیز تھے۔۔۔ لیکن وہ ابھی تک تو ایسا نہیں کر پائی۔۔۔

'دو سال زیادہ مدت تو نہیں ہوتی۔'

'ہاں۔'

'تمہیں نہیں لگتا، اپنی اڑان میں تم نے اپنی ہی زندگی اور گھر بار داؤ پر لگا دیا۔'

'مجھے کبھی ایسا نہیں لگا —' رمیش نے ایشٹرے میں سگریٹ کی راکھ جھاڑی — سب کو اڑنے کا حق ہے۔ آخر سیاست کیا ہے؟ ایک دوسرے کو دھکّا دینے کی منشا۔ جنرل پرویز مشرف نے نواز شریف کے ساتھ کیا کیا؟ اور سنجے گاندھی کا ہیلی کاپٹر سے ہونے والا حادثہ

—لوگوں نے اسے اندرا جی کے ساتھ جوڑا تھا یا نہیں۔ سیاست کے لیے اورنگ زیب نے باپ کو قید کر لیا اور اپنے ہی بھائیوں کا قتل کر ڈالا۔ سمراٹ اشوک نے اپنے بھائیوں کے ساتھ کیا کیا؟ میں نے کسی کا قتل تو نہیں کیا۔۔۔'

'سیاست اور گھر میں فرق ہے۔۔۔'

'کوئی فرق نہیں۔ گھر ہو سماج، سب کی اپنی اپنی سیاست ہوتی ہے۔۔۔'

'کیا شلپی بھی اسی سیاست کا حصہ ہے۔'

اچانک جیسے اس کے اندر دھماکہ ہوا تھا۔ اس نے بجھی سگریٹ ایشٹرے میں ڈال دیا۔ اس کے چہرے میں بھیانک تبدیلی آئی تھی۔ وہ اٹھا اور کھڑکی کی جانب بڑھ گیا۔ ایر کنڈیشنڈ بند کیا۔ کھڑکی کھولی۔ جیسے حبس اور گھٹن سے نجات چاہتا ہو۔ سامنے ہی کرسی پر وہ لاغر جسم موجود تھا۔ ویسے ہی ہلتا ہوا—لیکن شلپی کے نام پر آج میں نے ملنے کی پہلی لہر کالرا میں دیکھی تھی۔ کچھ بھیانک ہوا تھا۔ شاید جس کا اُسے احساس نہیں تھا—یا جسے وہ بتانا نہیں چاہتا تھا۔۔۔ وہ دوبارہ واپس آیا تو اچانک جیسے بہت کچھ اس کے اندر گذر چکا تھا —وہ کسی چھوٹے بچے کی طرح کرسی پر بیٹھا پھوٹ کر رو رہا تھا۔

اور قارئین شاید یہی وہ منظر تھا، جس کے لیے یہ کہانی پیدا ہوئی تھی۔۔۔ ایک پاگل کر دینے والا سنسنی خیز منظر—کالرا اور آنسو۔ ہزاروں کی آنکھوں میں بے رحمی کے آنسو رکھنے والا کالرا کسی واقعہ یا حادثے سے اتنا بھی لہولہان ہو سکتا ہے کہ رو پڑے، میرے لیے شاید ایسا سوچنا، بھی ناممکن تھا—لیکن ایسا ہوا تھا۔۔۔ وہ رو رہا تھا۔۔۔ اس کے آنسو آنکھوں سے ڈھلکتے ہوئے اس کے رخسار کو تر کر گئے تھے—میں اس پر جھکا ہوا تھا۔ رو لو تمہیں رو لینا چاہئے۔ میں سمجھتا ہوں۔ خود کو ہلکا کرنے کا حق ہے تمہیں۔ میری موجودگی اگر تمہیں پریشان کر رہی ہے تو میں بعد میں بھی۔۔۔'

ایک جھٹکے سے رمیش نے میرا ہاتھ تھام لیا — نہیں رکو — تم کہیں نہیں جاؤ گے
—۔ کیونکہ اب جو میں بتانے والا ہوں، وہ شاید کسی کو نہ بتا پاؤں۔'
وہ اپنی آنکھیں خشک کر رہا تھا، جیسے خود کو یا بکھری کہانیوں کو جوڑنے کی کوشش کر رہا ہو۔

*

'لیکن یہ کہانی شروع کیسے کروں۔ کیا کوئی یقین کر پائے گا۔'

رمیش کالرا کی پیشانی پر پسینے کے قطرے اکٹھے ہو گئے تھے — دنیا کی ساری کہانیاں محبت سے شروع ہوتی ہیں اور محبت پر ختم — دنیا کا دراصل اپنی کوئی فلسفہ بھی نہیں ہے۔ محبت ہی فلسفہ ہے۔ کیوں کہ محبت فاتح عالم ہے اور کیا کوئی یقین کرے گا، میرے جیسا آدمی، جسے آپ پتھر، مورت یا کوئی بھی نام دیں وہ کم ہی ہو گا۔ لیکن میرے اندر بھی اور یہاں برائے مہربانی یہ بھی سن لیجئے کہ مسکان میرا پیار نہیں تھی — اور شاید زندگی کے ان بد نصیب لمحوں میں وہ میری شریک حیات کم۔ ایک بزنس مین کی بیٹی زیادہ رہی۔

رمیش نے رومال سے پسینہ پوچھا — 'بچپن میں کہانیاں بھی پڑھی تھیں۔ موپاساں، چیخوف، اوہینری جیسے تخلیق کاروں کو پڑھتے ہوئے اچانک 'چونکا دینے والے مناظر میں یقین کرنا مشکل ہو جاتا کہ ایسا بھی ہوتا ہے — یا ہو سکتا ہے۔ یا پھر وہ —۔ کیا بھلا سا نام ہے۔ ہاں، اسٹفن زوگ۔ ایک عورت کی زندگی کے ۲۴ گھنٹے۔ یہ ۲۴ گھنٹے اس عورت نے ایک ایسے عاشق کو دیئے جو عاشق بننے کے قابل نہیں تھا۔ سوچتا ہوں، کیا زوگ نے یہ کہانی میرے لیے لکھی تھی۔'

وہ ایک دم سے اچانک آئی — میرے کیبن میں۔ صبح کے گیارہ بج رہے ہوں گے۔ نہیں میں اس پورے لمحے کا نقشہ کھینچ سکتا ہوں۔ شاید ایسا، پہلے کار میش کالرا نہیں کر سکتا

تھا —کیونکہ وہ اپنے ساتھ محبت کا خمار اور نشہ لے کر آئی تھی۔ جینس نیلے رنگ کی، جس میں بہت سے گل بوٹے جھول رہے تھے —اس کی سفید خوبصورت سینڈل تک ٹچ کرتے ہوئے —جینس کے اوپر سفید ٹی شرٹ —یہ وہی وقت تھا، جب کمرے میں داخل ہوتے ہوئے میری صبح کی چائے لانے والے چپراسی کو جھٹکا لگا تھا —میرے کمرے میں، گملے میں رکھے 'نیلا مبر' بونسائی کا پہلا پھول کھلا تھا —اور گیارہ کی گھنٹی مارنے کے ساتھ ہی دیوار گھڑی کی بیٹری بیٹھ گئی تھی —تم سمجھ رہے ہونا، وہ آئی اور اپنے ساتھ وقت کو بھی فریز کر دیا۔

'نہیں —میں خالی ہاتھ 'نہیں جانا چاہتی۔ یوں بھی میں صرف جیتنے کے لیے دنیا میں آئی ہوں۔۔۔' اپنی تمام تر مضبوطی اور اپنے دیوانہ بنا دینے والے حسن سے واقف دوشیزہ نے اپنا رزیوم آگے کیا —برائے مہربانی دیکھ لیں۔ لیکن کیا آپ کو نہیں لگتا کہ میں آپ کے اس کال سینٹر کو ایک نئی زندگی دے سکتی ہوں۔

وہ پیچھے ہٹی —'سر دیکھئے مجھے۔ میرا تجربہ صرف اس کورے کاغذ پر نہیں لکھا — یہاں بھی لکھا ہے۔ میری آنکھوں میں۔ میرے جسم میں۔'

یہ سب کچھ انوکھا تھا —جیسے کوئی فنتاسی حادثہ ہو رہا ہو —میرے جیسا شخص، جو بزنس میں صرف 'ریوڈ' یا بھدی' زبان ہی بولنا جانتا تھا —یا جسے خود پسندی میں ڈوبے فخریہ کلمات کبھی پسند نہیں آتے۔۔۔ مگر میں کیا کرتا۔ میں اس کے چکا چوند حسن کے آگے سرنگوں تھا۔ یا پھر یوں کہنا چاہئے۔ میں شاید اندر ہی اندر پگھل رہا تھا یا کانپ رہا تھا ۔۔۔

شلپی زندگی میں آئی تو جیسے وہ سب کچھ ہونے لگا، جو اس سے قبل کبھی نہیں ہوا تھا۔ جیسے ایک تاروں بھری رات۔ باہر بالکنی میں، چاند دیکھتے ہوئے میں مدہوشی میں ڈوبا ہوا

کوئی فلمی گانا گنگنانے لگا — جیسے اس رات مسکان کے لیے میرے اندر شاید پہلی بار ایک شوہر یا محبوب نے جنم لیا — وہ میرے محبت بنتے ہاتھوں کا لمس سمجھ گئی تھی — یا یہ چھٹی حس دنیا کی تمام عورتوں کے اندر ہوتی ہے کہ وہ مرد کے ہاتھوں میں پرائے پیار کی خوشبو کو پہچان جاتی ہیں۔ مسکان نے میرے ہاتھوں کو بے رحمی سے جھٹک دیا تھا —

'ہٹو — ان ہاتھوں میں کسی اور کا احساس ہے — تمہاری ہتھیلیوں کی جلد میں کوئی اور ہے، جو محبت بننے کی تیاری کر رہی ہے ـ ـ ـ سنو۔ یہ میں نہیں ہوں رمیش کالرا۔

مسکان دوسری طرف کروٹ بدل کر لیٹ گئی تو اچانک احساس ہوا، صرف میرے ہاتھ یا میری ہتھیلیاں نہیں، بلکہ میرے پورے جسم پر شلپی آہستہ آہستہ پھسلنے لگی ہو — اس رات میں نے خود سے سونے سے پہلے کہا تھا — تم ایک شاعر بن جاؤ گے کالرا، تو ناکام ہو جاؤ گے — تمہاری ترقی یا کامیابی کا سارا دارومدار ہی بے ایمانی، جھوٹ اور وہاں ہے — جہاں محبت کا کوئی راستہ نہیں جاتا — مگر اس دن کیبن کے اس کمرے میں — شاید یہ میرے ہی سوچے سمجھے منصوبے کا ایک حصہ تھا۔ مگر اس کے بعد جو کچھ ہوا — رمیش اچانک رکا — کیا محبت آپ کو دوستووسکی کے ایڈیٹ یارڈوکلس مین میں تبدیل کر دیتا ہے — یا جیسا زوگ کی اس کہانی میں ہوا — اس شادی شدہ دوشیزہ کے ایک نوجوان شخص کے ساتھ بھاگ جانے پر — کیا یہ بات نفرت کے قابل نہیں کہ کوئی عورت کسی اجنبی کے ساتھ بھاگ جائے، جبکہ اس کا شوہر اس کے بچے بھی ہیں — مسکان کے رہتے شلپی کا خیال — لیکن شاید میرا دل اس محبت کی خاموش اجازت دے چکا تھا —

کیونکہ یہ بچپن سے آج تک کے سفر میں پہلی ایسی کوشش تھی۔ جسے میں بغیر غرض 'محبت کی حد تک آدمی بنتے ہوئے نہار رہا تھا —

میں بس ایک ٹک رمیش کالرا کو دیکھے جا رہا تھا — نہیں۔ ممکن ہی نہیں کہ یہ شخص

رومانس بھی کر سکے —بازار کی نئی تہذیب نے سیکس کے معنے بدلے ہیں شاید — سیکس اندر ہی اندر رومانس کے کاکٹیل سے جڑ گیا ہے —اور اس وقت یہی کاکٹیل رمیش کے چہرے سے جھلک رہا تھا۔ اس نے گہری سانس لی۔ پھر کہنا شروع کیا۔

'آفس میں ایک میرا اپنا پرائیویٹ کیبن ہے۔ سب کچھ میرے منصوبے کے مطابق ہوا تھا۔ ورلڈ اسپیس ریڈیو پر خوبصورت مگر سنسنی خیز گیت گونج رہا تھا۔ کمرے کو خوشبو دار بنانے کے لیے میں نے اسپرے بھی کیا تھا۔ دس بجے تک سارا اسٹاف آ جاتا ہے۔ مجھے انتظار تھا تو شلپی کا۔ شاید میں نے بہت کچھ سوچ رکھا تھا۔ اور یقین تھا، کھلے دماغوں والی شلپی کے لیے شاید کچھ بھی قابل اعتراض نہ ہو گا۔ وہ کمرے میں آئی تو، خوشبو چاروں طرف پھیلی ہوئی تھی۔ اِدھر اُدھر دیکھتی ہوئی جیسے وہ میرے اندر تک جھانکنے میں کامیاب ہو گئی تھی۔ ایک دم سے سامنے آکر تن گئی —'

''میں سوالوں کو ربر کی طرح کھینچنے میں یقین نہیں رکھتی۔ مجھے پانا چاہتے ہو؟ اس نے رمیش کے ہاتھوں کو تھاما۔۔۔ 'تو کھولو مجھے۔۔۔' شلپی کا وجود مونالزا کی طرح ہو رہا تھا، شاید جس کی انوکھی مسکراہٹ کو اس کا خالق بھی نہیں سمجھ سکا ہو گا۔

کپڑے کھل گئے تھے۔۔۔ لیکن شلپی میں ویسی ہی بے نیازی بھری تھی۔۔۔ وہ اپنے ننگے جسم کے ساتھ جیسے اس کے سامنے کھڑی اس کی آنکھوں میں جھانک رہی تھی —'عورت کا بدن ساز ہے۔ لیکن ہر مرد اس ساز کو بجانے کا ہنر نہیں جانتا بتا سکتے ہو میرے جسم میں سب سے زیادہ آگ کہاں ہے —یہاں۔۔۔ اس نے مصفیٰ سینہ کے پاس اشارہ کیا۔ یہاں۔۔۔ یہاں۔۔۔ یہاں۔ اس کے ہاتھ۔۔۔ آہستہ آہستہ ہونٹ اور بدن کے دوسرے نازک حصے سے ہوتے ہوئے کان کی لوؤں کے پاس آکر ٹھہر گئے —یہاں ۔۔۔ اپنے ہونٹ لاؤ۔ ساری —اس وقت آپ کو سر نہیں کہہ سکتی۔ کھڑکی کے پاس ایک

آر پار دیکھنے ولا شفّاف شیشہ لگا تھا، جس سے آگے کی دنیا تو دیکھی جاسکتی تھی، مگر باہر سے اندر کی دنیا کو دیکھ پانا مشکل۔ باہر ایک قطار سے ملٹی، اسکائی اسکیپر بلڈ نگس کو دیکھتے ہوئے یکایک وہ پلٹی — گدھ، مائی گاڈ۔ سامنے والی بلڈ نگس پر گدھ —

میرے اندر کا آتش فشاں ایک دم سے برف میں تبدیل تھا۔ اس نے کپڑے پہن لیے —

'ساری سر۔۔۔ آپ سمجھ سکتے ہیں نا۔ صبح گیارہ بجے۔ آپ کی کھڑکی کے ٹھیک سامنے والی بلڈ نگ پر گدھ — بچپن سے میں گدھوں کو نہیں دیکھ سکتی۔۔۔' کپڑے پہن کر وہ کمرے سے باہر تھی۔ جب میں تھوڑے وقفہ بعد خود کو اس دھماکہ خیز حالت سے معمول پر لانے میں کامیاب ہوا تو وہ کیبن میں فائلوں میں سر دیئے بیٹھی تھی۔۔۔

رمیش کالرا نے ٹھنڈی سانس بھری — ممکن ہے یہ اس کی طرف سے میرے لیے ایک اذیت سے پُر کارروائی ہو، جس نے مجھے ایک ذہنی اور جسمانی تکلیف پہنچائی تھی۔

وہ کھڑکی کی جانب بڑھا — وہ میرے اندر اس لمحہ اپنا سارا بولتا حسن اور اپنے ہونے کا نشہ چھوڑ گئی تھی۔ یہ آگ آگے آنے والے لمحوں میں نہ صرف بے حد غضبناک ہوتی جا رہی تھی، بلکہ مجھے ذہنی تناؤ بھی دینے لگی تھی۔ وہ ہر وقت اپنی تمام تر خوبصورتی اور حسن کے ساتھ میرے ذہنی تناؤ کو مسلسل بڑھا رہی تھی — کبھی سوچتا، وہ جان بوجھ کر ایسا کر رہی ہے یا۔۔۔ سچ مچ وہ بالکل بے نیاز ہے — جیسے وہ جسمانی سطح پر ایک ہی وقت وائلڈ بھی ہے اور برف بھی — شاید اپنے غیض و غضب میں وہ مجھے مسلسل نامرد بنا رہی تھی۔ کیونکہ ہر بار اس کے قریب ہونے کے باوجود۔۔۔ میں اسے ہمبستری کی دعوت نہیں دے سکتا تھا۔ پتہ نہیں یہ بے بسی تھی، یا ایک انجانے گدھ کی آمد کا حادثہ — اب مجھے اپنے گھر کے باہر بھی گدھ دکھائی دینے لگے تھے اور اس دن۔۔۔

رمیش کالرا نے کھڑکی بند کر دی — اس رات بھی وہی انتشار مجھ پر حاوی تھا۔ مسکان چیخ رہی تھی۔۔۔ 'آج دفتر گئی تھی۔ کھنّہ انکل کو الگ کرنے کے بعد پتہ ہے، تمہارا دفتر مسلسل خسارہ دکھا رہا ہے۔ اور تم۔۔۔ تمہارے بارے میں کہا جا رہا ہے کہ اب تم کام کے لیے بالکل بھی سیریس نہیں ہو۔ ریمیمبر۔ وہ تمہارا دفتر ہے، تو میرا بھی ہے۔۔۔'

مسکان ٹھہر گئی تھی۔ لیکن پتہ نہیں، میں کب تک زور زور سے چیختا رہا۔ اور کیا کیا بولتا رہا۔ مجھے خود خبر نہیں۔ لیکن ہوش آنے تک، بیمار بستر پر لیٹے ہوئے میرے وجود کو مسکان نے ایک جھٹکا دیا تھا— پہلا ذہنی اسٹراک ہے۔ خطرے کی بات ابھی نہیں ہے — کہہ کر وہ ہنسی تھی — دوسرے ہی لمحہ اس نے ایک لفافہ میری طرف بڑھا دیا— یہ شلپی کا رزائنیشن لیٹر ہے۔ اسے کہیں اور کسی بڑی کمپنی میں جاب مل گئی ہے—

بوڑھا اور اس کا ہلنا

تو اس نے تمہیں چھوڑ دیا—

'پتہ نہیں۔'

'لیکن، جیسا کہ مسکان نے کہا، اسے کہیں اور جاب مل گئی۔'

'کہہ نہیں سکتا۔' رمیش نے ٹھنڈی سانس لی — جیب سے سگریٹ نکالا۔ اور ایک سگریٹ اپنے منہ سے لگاتے ہوئے جیسے وہ کسی گہری سوچ میں ڈوب گیا۔

'میں سیاست کا بہت چھوٹا کھلاڑی تھا دوست۔ شاید میں اتنی ہی سیاست کر سکتا تھا، جتنی میری خود غرضی مجھ سے کرا سکتی تھی۔ لیکن رشتوں کی سیاست آپ کو مار دیتی ہے دوست — وہ اچانک غائب ہو گئی اور شاید یہی وہ وقت تھا، جب اسے لے کر میری دماغی حالت بگڑ چکی تھی — میں نے اس کے جسم کی خوبصورتی دیکھی تھی، یا شاید اسے پتہ تھا کہ شلپی کے ذریعہ ہی مجھے ایک بے حد حقیر سی سیاست کے ذریعہ فاتح کیا جا سکتا ہے۔'

رمیش نے سگریٹ کی راکھ ایشٹرے میں جھاڑ دی — میں پاگلوں کی طرح شلپی کو تلاش کر رہا تھا، اور اس رات۔ تقریباً گیارہ بجے۔ گاڑی پارٹیکو میں لگاتے ہوئے میں نے شلپی کو مسکان کے ساتھ باہر نکلتے اور گاڑی میں دوڑ کر جاتے دیکھا۔ میرے سامنے آنے پر بھی مسکان گھبرائی نہیں، بلکہ کسی فاتح کی طرح میرے سامنے تنی رہی — لیکن فی الوقت میں ایک نئے ذہنی اسٹراک سے نجات پانے کی تیاری کر رہا تھا۔ اس لیے میرے پاس میرے لفظ غائب تھے — شاید اسی رات مجھ پر دوسری بار حملہ ہوا تھا —

ہم باہر آئے ۔۔۔ تو یکایک مجھے جھٹکا سا لگا تھا — مین گیٹ، برامدہ پار کرتے ہی وہ بوڑھا جھولتا اور ہلتا ہوا جسم سامنے تھا۔ میں یکایک چونکا تھا —

— تم نے دیکھا رمیش —

'ہاں'

' — نہیں۔ تم نے دیکھا یا نہیں —؟

رمیش بغیر کچھ کہے اس بوڑھے کی جانب دیکھ رہا تھا، جو مسلسل ہلے جا رہا تھا —

'یہ مسکرایا بھی تھا۔ اور میں دعوے کے ساتھ کہہ سکتا ہوں، جس وقت ہم باہر نکلے اور اچانک اس کی طرف نگاہ گئی — ایک سیکنڈ کے لیے۔ اس نے اپنا ہلنا بند کر دیا تھا ۔۔۔ تم کیا کہتے ہو ۔۔۔؟

رمیش جواب دینے کی حالت میں ذرا سا 'ہل' گیا تھا۔ میں نے دوسری بار بوڑھے کی طرف پلٹ کر نہیں دیکھا۔

***

فساد کے بعد کی ایک لنچ پارٹی

وہ ایکیوریم کے قریب آکر ٹھہر گیا تھا۔ شیشے کے اندر ایک عجیب وغریب دنیا روشن تھی۔ پانی، جلتے بجھتے قمقموں کی طرح روشنی کی بارش کر رہے تھے۔ اور ان کے درمیان سونے کی طرح جھلمل کرتی مچھلیاں، اپنے رقص سے ماضی کے سارے قصّے بھلانے میں اس کی مدد کر رہی تھیں۔ اُس نے غور سے دیکھا۔۔۔ ایکیوریم کی بلواہی زمین پر ایک ٹنی فش ساکت تھی۔ خاموش مردہ حالت میں۔ ہلتی ڈولتی ناچتی مچھلیوں کے درمیان 'بلواہی' ریت کے چمکتے پتھروں کے پاس بے دم—

'مر گئی ہے؟'

'نہیں مری نہیں ہے،'

'نہیں—مر گئی ہے۔'

'نہیں ناٹک کر رہی ہے۔۔۔ ابھی اٹھے گی۔ دوسری مچھلیوں کے ساتھ —پھر شروع ہو جائے گا رقص۔'

"میری بلا سے"۔۔۔ اُسے مچھلیوں پر ناراضگی تھی۔۔۔ "میری بلا سے۔۔۔ مر گئی تو میں کیا کروں۔ چھو کر دیکھ۔۔۔ اے۔۔۔ ایک۔۔۔ دو۔۔۔ تین۔۔۔"

وہ آہستہ آہستہ اپنی انگلیاں ایکیوریم کے شیشے کی طرف بڑھا رہا ہے۔۔۔

کنارے دائیں طرف کونے میں کل ملا کر چار لوگ کھڑے تھے۔ ہاتھ میں شراب کے گلاس تھے۔ ان میں سے ایک کی نظر ایکیوریم کی طرف چلی گئی۔ اس نے باقی کو اشارہ

کیا۔

'دیکھ۔۔۔ دیکھ۔۔۔ وہ کیا کر رہا ہے۔'

'بیچاری مچھلیاں۔'

'مچھلیاں نہیں۔ اُسے۔۔۔ اُسے دیکھ۔۔۔'

"اوہ۔۔۔ ہاؤ رومانٹک۔۔۔"

" —رومانٹک؟"

—ہاں۔۔۔

—تمہیں ہر چیز میں رومانس دکھتا ہے۔

—رومانس ہوتا ہی ایسا ہے۔۔۔

—لیکن اس میں رومانٹک جیسا کیا ہے؟

—دیکھ اس کی آنکھوں میں، اُف۔۔۔ ایک نہیں ختم ہونے والی جستجو۔ اور جستجو کس شئے کے لیے ہے، وہ تمہارے سامنے ہے —باریک شیشے کے محل میں ناچتی ڈولتی جل پریاں۔۔۔ ہاؤ رومانٹک۔

' —یہ جل پریاں نہیں ہیں۔'

—وہی تو، جل پریاں نہیں ہیں، ہوتی بھی تو۔۔۔ مجھے فیوژن پسند نہیں ہے۔ دو چیزوں کو ملا کر ایک ریمپ پیش کر دینا۔ یہ مچھلیاں ہیں۔۔۔ شیشے کے محلوں میں بے نیازی سے ناچنے والی۔۔۔ ایک سپنیلی دنیا، سپینلا آئی لینڈ۔۔۔

—لیکن اسے تو دیکھ۔۔۔

—دیکھنے کی چیز وہی ہے، یعنی وہ، کس طرح سے اُسے چھونے یا دیکھنے کی کوشش کر رہا ہے۔ اُس کی باڈی لینگویج دیکھی؟ دیکھ۔۔۔ اس کی آنکھیں چھوٹی ہیں —بدن میں

لوچ ہے —ہاتھ میں چھو لینے کی جستجو کے ساتھ پیشینس یعنی صبر بھی ہے۔۔۔ اور پاؤں میں۔۔۔ جیسے گھنگھرو باندھ دو— صرف کویل کے چہچہانے کا سُر ابھرے۔۔۔

—لیکن گھنگرو میں تو۔۔۔

—ایک ہی بات ہے۔۔۔

—نہیں ایک بات نہیں۔۔۔ دیکھو۔۔۔ اس نے ہاتھ پیچھے کر لیا ہے۔

—میں کہتا ہوں وہ پھر ہاتھ آگے بڑھائے گا۔۔۔

—میں کہتا ہوں۔۔۔

—شرط لگالو۔۔۔

—لگ گئی۔۔۔

—کتنے کی شرط۔۔۔

—جام خالی ہو رہا ہے

—بات مت پلٹو۔۔۔

—لگ گئی شرط

—نہیں شرط نہیں۔۔۔ کہیں تم نے کچھ ایسا ویسا مانگ لیا تو۔۔۔

—مثلاً؟

—شبنم کو،

'شبنم' وہ جو دنگے میں ملی تھی۔ دانی لمڈا کے ایک گھر میں۔ بے سہارا۔۔۔ اوہ شٹ۔ اُس کے بدن کا ایک ایک گداز یاد ہے —اُس کے گھر کے سارے لوگ۔۔۔' وہ ہنس رہا تھا—اوپر چلے گئے تھے۔ پھر شاید تم اُسے گھر لے گئے تھے —داسی بنانے یا۔۔۔ لیکن وہ ہے مزید ارچند۔۔۔ لیکن تم بھلا شبنم کو کیوں دو گے؟'

—نہیں شبنم نہیں

—شبنم کو نہیں مانگوں گا۔۔۔

مت مانگو۔ یو ڈرٹی فول

—مثلاً۔۔۔ وہ۔۔۔ وہ جو تمہارا انکلیو بن رہا ہے، اُس میں سے۔۔۔

—طے رہا، یہ بھی نہیں مانگوں گا۔۔۔

—مثلاً؟

—مثلاً یہ کہوں کہ وقت آنے پر۔

—چوہتے۔۔۔ سالے۔۔۔

ان میں سے ایک نے زور سے گلاس زمین پر دے مارا۔ باقی نے روکنے کی کوشش کی

—نو۔۔۔ نو۔۔۔ نو۔۔۔ مسٹر۔۔۔

چھناک کی آواز کے ساتھ بھی کہیں کچھ نہیں بدلا تھا۔ منظر بالکل ویسا ہی تھا جیسا پہلے تھا۔ پارٹی میں کافی لوگ تھے، سب اپنے آپ میں مصروف، جیسے گلاس سے ہونے والے دھماکے، شیشے کی کرچیوں کے بکھرنے کی کسی کو بھی ذرا بھی پروا نہیں ہو — کسی نے بھی اُس طرف پلٹ کر نہیں دیکھا۔

ہوSSSہو ہوSSS

چاروں اب ہنس رہے تھے۔۔۔

ایکیوریم کے پاس کھڑے چاروں اب دونوں پیر سکوڑ کر کسی فکر میں ڈوب گئے تھے۔

—دیکھ۔۔۔ دیکھ اس کو۔۔۔

ہوSSSہو ہو SSS

—ارے یہ تو وہی بات ہوئی، ناچت ناپٹ والی، سکّہ کھڑا ہو گیا۔

—لیکن تُو اتنا غصہ کیوں ہوا۔۔۔

—کیوں نہیں، سالے اچھا بھلا موڈ خراب کر دیا۔

—تو شبنم کیوں نہیں مانگ سکتا تھا، کیوں۔۔۔ ارے کیا وہ بس میری ہے۔۔۔ اُسے تو۔۔۔

—ہاں اُسے تو۔۔۔

دوسرے نے لمبی سانس بھری۔

—اور سالے تو اِس انکلیو میں۔۔۔ ایک چھوٹی سی جگہ۔۔۔ کیا وہ صرف اس لیے میری ہے کہ میں نے اُسے —وہ 'لوٹا ہے' کہتے کہتے ٹھہر گیا تھا۔ وہ کیا غالب کا شعر ہے ۔۔۔

—غالب کا نہیں، میر کا۔۔۔

—ابے سالے میر کا نہیں، بہادر شاہ ظفر کا۔۔۔ اس نے پڑھ کر بتایا۔۔۔

کتنا ہے بد نصیب ظفر' دفن کے لیے

دو گز زمین بہ نہ مل سکی کوئے یار میں

—کیا شعر ہے یار۔۔۔ جب سنتا ہوں جھوم جاتا ہوں، لیکن۔۔۔ سالا مجھے تیری اسی بات پر غصہ آیا، کیا وہ زمین میری ہے۔

—نہیں

—اس کی ہے؟

—نہیں۔۔۔

—پھر؟ کس کی ہے سب کو پتہ ہے، پھر تو ایک زمین کا ٹکڑا کیوں نہیں مانگ سکتا

تھا۔

— غلطی ہو گئی۔۔۔

— نہیں غلطی نہیں ہوئی۔ کیوں کہ ابھی بھی آپ اُس بچکانی ذہنیت سے باہر نہیں نکلے ہیں، جس میں ہمارے رنگ۔۔۔ ہماری چیزیں۔۔۔ یعنی اتنا تو آپ سب کو سمجھنا ہی چاہیئے کہ وہ سب۔۔۔ اور اس سے زیادہ میں کیا کہوں۔

پارٹی سے اُس کو کوئی بہت زیادہ غرض نہیں تھی۔ ایسی پارٹیاں اُس نے بہت دیکھی تھیں۔ یا کہا جاسکتا ہے، اس سے بھی اچھی پارٹیوں کے کتنے ہی قصّے نہ صرف اس نے سنے تھے، بلکہ دیکھے بھی تھے۔ خاص کر جنگ کے خاتمہ کے بعد جشن منانے کے طور پر دی جانے والی پارٹیاں، میجر جنرل، بڑے عہدے، سیاست سے متعلق گفتگوؤں سے پرہیز کرتے فوجیوں کی بیویاں، آپس میں ہنسی مذاق کرتیں —ایک بار ایسی ہی کسی پارٹی کے لیے اُسے کینٹین کا انتظام دیکھنے کے لیے کہا گیا تھا۔

'لیکن یہ پارٹی تو۔۔۔'

'جنگ اور فساد۔۔۔'

"نہیں اُسے کچھ بھی سوچنا ہے، سوچنے سے دماغ کی رگیں تن جاتی ہیں۔۔۔ دماغ پھٹنے لگتا ہے، "گھر جانا ہے۔۔۔"

ستّار نے ٹھان لیا تھا۔ گھر جانا ہے۔۔۔ گھر۔۔۔ اُسے گھر جانے سے کوئی روک نہیں سکتا اور کوئی روکے گا بھی کیوں؟

"مزا آیا؟"

کٹّو نانگد یو پوچھ رہے تھے —

"ہوں۔۔۔ ہوں۔۔۔ ہوں۔۔۔"

"کیوں دل لگا کہ نہیں ستّار۔۔۔"

"کیوں نہیں لگے گا، چھپ چھپ کر ہماری عورتوں کو دیکھ رہا تھا۔۔۔ کیوں بے ۔۔۔"

ستیش پانڈیا کے ہونٹوں پر مسکراہٹ تھی۔۔۔

"ہوں۔۔۔ ہوں۔۔۔"

"تو کیا ارادہ ہے اب۔۔۔"

"گھر جاؤں گا۔۔۔"

"کیوں۔۔۔"

"گھر جاؤں گا۔۔۔ اس کے ہونٹوں پر طفلانہ مسکراہٹ تھی، آپ جانے دیں گے نا۔۔؟"

"ہاں۔۔۔ ہاں۔۔۔ کیوں نہیں۔۔۔"

"میں گھر جاؤں گا۔۔۔"

اُس نے تیسری بار کہا۔

"ہاں۔۔۔ ہم کہاں روک رہے ہیں ستّار۔ چلے جانا، مگر ابھی۔۔۔ تم سمجھ رہے ہو نا۔۔۔" کسی پاگل بچّے کی طرح سُنی ان سنی کرتے ہوئے ایک بار پھر وہی پرانا ٹیپ چل گیا تھا۔

"مجھے گھر جانا ہے، آپ جانے دیں گے نا۔۔۔"

وہ ایک بار پھر ایکیوریم کے قریب آکر ٹھہر گیا جہاں اندر کی 'بلواہی' زمین پر وہ ٹنی فش مردہ حالت میں پڑی تھی۔ اس کی آنکھیں ایک ٹک ٹنی فش پر ٹک گئی تھیں۔ ہلتی، ڈولتی، ناچتی دوسری مچھلیوں کے کھیل میں اب اس کی کوئی دلچسپی نہ تھی۔

* * *

میڈونا کی اُلٹی تصویر

"وہ محبت بھی کر سکتے ہیں اور نفرت بھی
وہ غصّہ سہ بھی سکتے ہیں / اور کر بھی سکتے ہیں
تم یہ مت سمجھو کہ وہ کسی کام کے نہیں
ہمیشہ قائم رہنے والی یہ دنیا سب کا اتعمال کھوج نکالتی ہے۔
ہاں استعمال،
جن کے بارے میں تم کبھی سوچتے ہو
کہ کوڑھیوں کا استعمال کیا ہے۔
اور دنیا کے سینے پر دھبّے کی طرح جی رہے اپاہج ٹولیوں کے وجود کا۔"

*

بے معنی ان فلسفوں میں جان یوں ہی نہیں پڑی تھی بلکہ لاشعوری طور پر ہی سہی، کہیں سے یہ میری سوچ کا ایک حصہ ضرور رہے تھے۔ میں نے ہنسی میں اس بات کو ٹالنا چاہا اور چمکتی آنکھوں سے وشن کی طرف دیکھا۔

تم کیا سوچتے ہو؟

کس کے بارے میں۔

اس نے اخبار سے نظر اٹھا کر میری طرف دیکھا۔ میں نے نظر کی سیدھ میں اشارہ کر دیا۔ سامنے ایک قطار سے جھگی جھونپڑیاں بنی ہوئی تھیں۔ بیچ میں سڑک تھی اور اس طرف میرا ڈی ڈی اے کا فلیٹ۔ اکیلے ہونے کے اپنے کئی فائدے ہیں۔ جیسے یہ کہ خالی ہوں تو کچھ نہ کچھ سوچتے رہے۔ یہ کیا ہوا؟ وہ کیسے ہوا؟ یہ کیسے جیتے ہیں۔ وہ کیسے رہتے ہیں

۔۔۔ اور آپ اگر ادب یا صحافت سے جڑے ہوں، تو ایسی ہر چیز، تصویر کے ہر فریم میں آپ کو کہانی نظر آئے گی۔ خالی پن کا ایک فائدہ میں ادھر پھر محسوس کر رہا تھا۔ جب ان جھگی جھونپڑی والوں سے ہو کر میری محسوسات کے صحرا میں کھلبلی مچی تھی۔ اب بھلا ان کا استعمال کیا ہے۔ یعنی، یہ دنیا میں تو آ گئے ؟ اب جیسے ہم ہیں۔ ہم پڑھتے ہیں، لکھتے ہیں، تبادلہ خیال سے نئے نئے زاویئے اور نئے نئے فلسفے سامنے آتے ہیں۔ یعنی کچھ تو دے رہے ہیں۔ مالک کو___ دنیا کو___ چلیئے یہ بحث بہت لمبی ہو جائے گی مگر ان کا فائدہ۔ آپ کہہ سکتے ہیں یہ مزدور ہیں تو گھر بناتے ہیں اور جس کسی بھی چھوٹے موٹے پیشے سے منسلک ہیں، آپ کو سکھ تو پہنچاتے ہیں۔ لیکن میں اس استعمال کو نہیں جانتا۔ کوئی بڑا استعمال یا___ پتہ نہیں میں کیا سوچ رہا تھا۔ شاید پوری طرح میں خود اپنی سوچ کو سمیٹ نہیں پایا تھا___

کبھی کبھی چھٹی کے موقع پر وشن بھی چلا آتا۔ وشن اخبار میں میرا ساتھی ہے۔ کرائم رپورٹر۔ کرائم کا صفحہ وہی دیکھتا ہے۔ اکثر وہ عجیب چٹخارے دار خبروں کے ساتھ میرے کمرے میں آ دھمکتا ہے۔ پھر اس کی خرمستیاں شروع ہو جاتی ہیں۔۔۔ کہ سالے بھابھی لے آ۔۔۔ چل چائے پلا۔ خالی خولی آلتو فالتو سوچتا رہتا ہے۔

میں نے اچانک وشن سے سوال پوچھ لیا تو وہ چونک پڑا۔

میں نے بات آگے بڑھائی۔۔۔ تم کیا سمجھتے ہو ان کا کوئی استعمال ہے ؟ یا ہو سکتا ہے ۔۔۔ یہ پڑھے لکھے بھی نہیں۔ اپنے طور پر کوئی نظریہ بھی نہیں بن سکتے۔ ذہن کا استعمال نہیں جانتے۔ پھر یہ کیوں ہیں ؟ کس لئے ہیں ۔۔۔ دو وقت کی روٹی پیدا کر لی ۔۔۔ بس ۔۔۔؟

'اور تم ۔۔۔ ؟

میں جانتا تھا وشن یہی کہے گا۔ میں نے ہنس کر کہا۔ میرا استعمال ہے ۔۔۔ میں کچھ تو

دے رہا ہوں۔ ملک کو۔۔۔ دنیا کو۔۔۔ تحریر کے ذریعہ پورے نظام کو بدل سکتا ہوں۔ ہوا کا رخ مور سکتا ہوں۔۔۔ اور کیا چاہئے تمہیں۔

وشن نے پھر اخبار پر نظریں جما دیں۔ صرف اتنا کہا___ تم کہہ سکتے ہو، ابھی تمہارا سوال میں پوری طرح نہیں سمجھ سکا۔۔۔ جب سمجھوں گا، تب کہوں گا___ اور۔۔۔

لیکن شاید اس وقت تک اپنا وال میں خود پوری طرح نہیں سمجھ سکتا تھا۔ ہاں جھونپڑی کے لوگوں میں میری دلچسپی حد سے زیادہ بڑھ گئی تھی۔ صبح صبح جب بالکنی پر آتا تو سامنے کے چاپاکل، پر ان کی عورتیں، مرد، بچے سب مل کر نہار رہے ہوتے۔ جھونپڑی بھاری جا رہی ہوتی۔ چھوٹے چھوٹے چولہے سلگ جاتے۔ لیپا پوتی کا کام بھی چل رہا ہوتا۔ پھر نہا دھو کر جھونپڑیوں میں کھونسی گئی، لکڑی کی کانتی کی بنی ٹوکریاں نکال دی جاتیں اور کچھ اپنا راستہ ناپ لیتے۔ میں جانتا تھا۔ یہ مزدور ہوں گے۔ لیکن ان میں سب مزدور نہیں تھے۔ کچھ کے دھندے مجھے نہیں معلوم تھے کچھ تو بہت سویرے ہی نکل جاتے۔ اس لئے کہ جس وقت میں سو کر اٹھتا، اس وقت کچھ جھونپڑیاں بالکل شانت نظر آتیں اور دروازے پر چمار کی کثرتوں والا چمڑا پردے کے طور پر چھول رہا ہوتا۔ مطلب ان جھونپڑیوں کے باسی کام پر چلے گئے۔ میرے خیال میں اس کام کی نوعیت بھیک جیسی ہو گی۔ اس لئے کہ یہ "کامی" آدمی جب واپس آتے تو شکل صورت سے بھی بھکاری ہی معلوم دیتے۔

اس دن صبح ہی صبح دروازہ زور زور سے تھپتھپائے جانے پر میری نیند ٹوٹ گئی۔ سوچا، بھنگی ہو گا یا فلیٹ کا چوکی دار۔ اس لئے کہ اتنی صبح صبح کسی کے آنے کی امید نہیں تھی۔ دروازہ کھولا تو سامنے اسی جھونپڑپٹی کی ایک عورت کھڑی تھی۔ عمر تیس کے آس پاس جسم بھرا بھرا۔ جسے میں نے اکثر چاپاکل کے پاس نہاتے دیکھا تھا۔ اس سے پہلے کہ

میں کچھ پچھ پاتا، وہ خود ہی بول پڑی۔

کچھ کام ہو تو بولیں بابو.جی۔ ہم سب کام جانتے ہیں۔ پانی بھرنے سے لے کر کھانا پکانا، جھاڑو بہارن، برتن دھویل سب کام۔ ڈیم پر کام بند ہے نا بابو.جی۔۔۔ سو ہراتو بیگاری ہو گئی۔"

اس کا لہجہ کچھ کچھ اپنے علاقے جیسا تھا۔ بھوجپوری۔۔۔ میرے شہر ے ہے کیا؟ اس علاقائی تعصب نے فوراً اس سے سوال جڑ دیا۔

"کہاں کی رہنے والی ہو؟"

"ہم بہار سے آئیں ہیں بابو.جی۔"

"بہار کہاں کی؟"

"بھوجپور۔ سوندیا ہمار گھر ہے بابو.جی۔"

سوندیا بھوجپور کا ایک چھوٹا سا گاؤں تھا۔ مجھے مزہ آیا۔ اپنے علاقے کی ہے۔ 'ہم سب کام جانتے ہیں بابو.جی' ___ وہ پھر بولی۔

شاید میرے اتنے سارے سوال کو اس نے میری منظوری سمجھ لی تھی۔ وہ دندناتی ہوئی اندر آئی۔ دو ہی کمرے تھے۔ ایک کچن کم باتھ روم۔ دوسرا میرا بیڈ روم۔ کچن میں ڈھیر سارے گندے برتنوں کو دیکھ کر بولی۔

"بس پٹاپٹ۔ برتنوا سب دھوئے دیتے ہیں۔ ناستے میں کا کھائیں گے بابو.جی۔۔۔"

پھر ہفتوں گذر گئے۔ صبح ہوتی۔ دروازے پر تھاپ پڑتی اور بسمیتا اپنا کام سنبھال لیتی۔

اس دن وہ پھر حاضر تھی مگر عام دنوں کی طرح نہیں۔

بابو.جی۔۔۔

برتن دھولئے____؟

ہاں بابو.جی۔۔۔

ناشتہ۔۔۔؟

وہ بھی بن گئیل بابو.جی۔۔۔

وہ پھر کھری رہی۔ عمر کے اتنے گلیمر جھیلنے کے بعد اتنا تو جان ہی گیا تھا کہ ہر خاموشی کے پیچھے کوئی قصّہ ہے اور ہر مسکراہٹ کسی نہ کسی وجہ پر آکر ختم ہوتی ہے۔۔۔

بابو.جی۔۔۔

پیسے چاہئیں؟

لگا، کوئی تھرتھراتا مکالمہ اس کے ہونٹوں تک آکر چپ لگا گیا ہے۔ کچھ کہتے کہتے ٹھہر سی گئی ہے۔۔۔ لگا، اس کے جسم سے میزائلیں چھوٹ رہی ہوں۔۔۔

*

اس دن وشن محض اس بات پر خفا تھا کہ اپنا ملک میزائلیں کیوں خرید رہا ہے جو اربوں روپے ان میزائلوں پر خرچ ہوتے ہیں، وہ کس کے ہیں اور پھر خبر کیا ملتی ہے۔۔۔ فلاں میزائل پھس پھس نکل گئی۔ ایک اور ناکام تجربہ۔ کروڑوں بھوکی انتڑیوں اور سے پیٹوں والے بھوکے ننگوں کے ملک کو میزائلوں کا کیا کام؟

چھجے پر کھرے ہوکر سامنے والی جھگیا گنتا ہوں۔ ایک ۔۔۔ دو۔۔۔ دس۔۔۔ بارہ ۔۔۔ بیس۔۔۔ پچیس آواز لہراتی ہے۔۔۔

ڈیم بن رہا ہے بابو.جی ۔۔۔ ہم تو کموا کی تلاس میں دوڑت رہتے ہیں بابو.جی۔ اپنے یہاں بہار میں کام نئ کھے نا۔ سو ہمرا مردہم کالے کے ای ہاں چلا آیا۔ آج ہیاں۔۔۔ کل اوہاں، ہم بھی ماٹی ڈھوتے تھے بابو.جی۔ ٹھکیدار کہلس ہے۔۔۔ ابھی کام بند ہے۔ بعد میں

ہو گا تو بلائے گا۔

"تمہارا مرد کون ہے۔"

وہ مسکرائی تھی۔

اسے پتہ ہے تم یہاں کام کرتی ہو؟

ہاں بابو جی۔ او کرا کے پتہ نہیں رہے گا۔

اس نے جیسے میرا مذاق اڑایا تھا۔۔۔

چھجے سے جھونپڑیوں کو تکتی آنکھیں جب کمرے میں لوٹتی ہیں بسمیتا کے سوا کوئی نہیں ہوتا۔ میزائلیں بھی نہیں۔ جذبات بھی نہیں۔۔۔ بسمیتا کی پیٹھ ہوتی ہے۔ ساڑی کے پلو سے جھانکنے والے انگارے ہوتے ہیں اور دیوار پر ٹنگی ہوئی میڈونا کی تصویر ہوتی ہے۔ تصویر ہلتی ہے۔ سرگوشیاں کرتی ہے۔۔۔ پھر کوئی نہیں ہوتا اپنے آس پاس۔۔۔ سٹی انتڑیاں بھی نہیں۔۔۔ بھوکے پیٹ بھی نہیں۔۔۔ اور ہر خاموشی کے پیچھے کوئی نہ کوئی قصّہ ہوتا ہے اور ہر مسکراہٹ۔۔۔

اور ____ دروازے پر بسمیتا کھری ہے۔۔۔ مجھے لگا میری قد سے بڑھ گئی ہوں۔۔۔ میرے آدرشوں سے۔۔۔ میری سوچ سے۔۔۔ دھت۔۔۔ کچھ بھی تو نہیں ہوا۔۔۔ بھاوکتا سے صرف ہم ہی کھیلتے ہیں۔۔۔ اوڑھتے جو ہیں۔ پڑھتے جو ہیں۔۔۔ لکھتے جو ہیں ۔۔۔ بسمیتا کے لئے وہ عام دنوں جیسا ہی ایک دن تھا۔ اس کا مرد بیمار تھا اور اسے پیسے چاہئے تھے۔

وشن سنتا ہے۔۔۔ کبھی کبھی اس کی مٹھیاں بھنچتی ہیں۔ گندی سی گالی دیتا ہے۔۔۔ گندی سی گالی دیتا ہے۔۔۔ سالے۔۔۔ ان پونجی پتیوں کے سب سے بڑے دلال تو ہم ہیں ۔۔۔ ذرا سا موقع مل جائے تو۔۔۔ اس نے پھر ایک سڑی ہوئی گالی دی۔۔۔ لفظ۔۔۔

صرف لفظ--- جذبات بھی لفظ ہے--- جس سے کھیلتے رہتے ہی ہم--- بچوں کے کھلونوں کی طرح--- کبھی نوچتے ہیں--- کبھی توڑتے ہیں--- کبھی جوڑنے کی کوشش کرتے ہیں--- پھر توڑتے ہیں---

لگا، وشن اندر کے آدمی کو ہتھوڑے سے توڑ رہا ہے۔ کچکڑے کا آدمی--- یہ بچکانہ فلسفے کیوں پال پوس کر اپنے اندر بڑا کرتے ہیں ہم---

رات، خیالوں کی سیج پر جب کوئی ترقی پسندانہ جذبہ اندر سے سر نکالتا، تب کتنا اجنبی محسوس کرتا خود کو ___ تب کاغذ پر ناچتی، سنہرے لفظوں سے لکھی گئی کوئی نظم--- کسی فساد زدہ علاقے، دورہ کے بعد چبھتی ہوئی وحشیانہ آنکھیں--- اجڑے مکان--- آنکھوں کے ویرانے پن اور سناٹے میں جیسے پوری تصویر اتری ہوئی۔

لو دیکھو---

مجھے بھی دیکھو---

سنو! میں گوتھنا چاہتا ہوں تمہیں---

ایک ہی بار میں، وہ بھی کچے لفظوں کی گانٹھ سے

اور سنو ___

ایک نہیں، ہزاروں بار گونتھا ہے تمہیں

اور گانٹھ ٹوٹ گئی ہے۔

سنو، تمہیں اپنے جذبات سے گوتھنا چاہتا ہوں

سنو، تمہیں اپنے احساس سے گوتھنا چاہتا ہوں

مگر سنو ___

مجھے جیون کی عام ہلچل میں اپنے ساتھ ست باندھنا

نہیں چل پاؤں گا میں

میرے ٹھٹھرے ہوئے ہیں ہاتھ۔۔۔

پیر کھر درے، پتھریلے رستوں پر کبھی نہیں چلے۔

میں نے لکھی ہیں صرف وہی کویتائیں چاند ستاروں کی شکل میں

جو آسمان سے پرتوں کی طرح اترتی تھیں میرے خیالوں میں

اور مجھے لکھنے کی دعوت دی تھی۔۔۔

نو۔۔۔ میں گو نتھنا چاہتا ہوں تمہیں۔۔۔

"کرے جذبات سے زیادہ بھی کچھ رہا ہے تمہارے پا۔" وشن ہنستا ہے۔۔۔ زیادہ تسلی مت مار۔ ایک دن تمہیں ہمیں۔۔۔ سب کو مل کر اجتماعی خودکشی کرنی پڑے گی ۔۔۔ سچ، اپنے سڑے ہوئے جسم سے ایسی سڑہن آئے گی کہ۔۔۔

میڈونا کی تصویر ہلتی ہے۔۔۔

بسمیتا ساڑی برابر کرتی ہے۔۔۔

پوچھتا ہوں۔ تمہارا مرد جانتا ہے یہ سب؟

وہ ہنستی ہے۔۔۔ کیسے نہیں جانے گا بابو جی۔۔۔ اتنے پیسے کہاں سے آتے ہیں ہمرے پاس۔۔۔"

"پوچھا بھی ہے___"

نہیں۔ پوچھا نہیں۔" کبھی کبھی پٹائی کر دیتا ہے جوروں سے۔" وہ ہنستی ہے۔۔۔ بس سمجھ جاتی ہوں۔۔۔ اندر کے مرد نے جور مارا ہے۔۔۔ مجھے لگا، وہ کہہ رہی ہو۔۔۔ کشمکش چلتی ہے اس کے اندر بھی۔ خود سے لڑتے لڑتے جب ہار جاتا ہے تو اس کی پٹائی کر دیتا ہے۔ دیکھو۔۔۔ وہ پیٹھ اور سینے کے آس پاس کے نشانات دکھاتی ہے۔۔۔ اچھا چلتی ہوں۔

مر در ستہ دیکھتا ہو گا___

پھر وہی چھجہ۔ اس کا مرد بیڑی پیتا ہوا، آنکھ اٹھا کر اس کی طرف دیکھ رہا ہے۔ اندر ایک کھینچا تانی چلتی ہے۔ سوچتا ہو، دیوار لگی ہوئی میڈونا کی تصویر کے ٹکڑے ٹکڑے کر دوں۔ مگر غلط کیا کیا ہے میں نے۔۔۔ تیس، بتیس، چلو تیس مان لیتے ہیں۔ ۳۰ برس میں ہم ہندستانی، عورت کے بدن اور اس کے گداز کا تصور صرف کتابوں اور خیالوں کے سہارے کرتے ہیں یا اس سے زیادہ اور کیا جانتے ہیں۔۔۔ بس اندر پل رہے انقلاب والا آدمی جب گھر آکر میڈونا کی تصویر سے رشتہ جوڑتا ہے تو۔۔۔؟ روٹی کی آگ سے بھی زیادہ ضروری کی ایک آگ ہے۔ ۳۰ سال گذر جانے کے بعد بھی ہم جسے جسم کے قید خانے میں تپاتے رہتے ہیں۔ آگ بھڑکتی ہے تو شرافت کے نام پر اسے سو جانے کو کہتے ہیں۔۔۔ سو جا۔۔۔ شریف آدمی۔۔۔ شادی؟ ایک لڑکے سے شادی کون کرے گا۔ صحافت کے پیشے میں آنے کے بعد ہی لگا تھا ماں باپ نے شادی کی ذمے داری اپنے کندھے سے اتار کر اس پر ڈال دی ہو۔۔۔ اب تم جانو___

لڑائی، باہر کی اور اندر کی اندر باہر، دونوں کی بھوک شانت ہو، تب تو مشعل اٹھائی جائے___ روٹی اور جسم دونوں کی پیاس بجھے، تبھی تو کسی نظریہ پر آکر ٹھہرا جائے۔ بسمیتا کے جسم سے میڈونا کی تصویر کی طرف لوٹتے ہوئے لگتا ہے۔۔۔ اس نے کوئی غلطی نہیں کی___ لیکن۔۔۔

بوڑھا چھجے سے دیکھ رہا ہے۔۔۔ کام ختم ہوا یا نہیں۔۔۔ پتنی آرہی ہے یا نہیں۔۔۔ میڈونا کی تصویر ہلتی ہے۔۔۔ اسے لگتا ہے۔۔۔ وہ پسینے پسینے ہو رہا ہے۔۔۔ نہیں ۔۔۔ کل سے وہ منع کر دے گا کوئی ضرورت نہیں ہے۔ وہ باہر جارہا ہے۔۔۔ ہاں یہ کہنا زیادہ ٹھیک رہے گا۔۔۔ وہ دیکھ لے گی تو۔۔۔؟ وہ کچھ پیسے ہاتھوں میں رکھ دے گا۔۔۔

اب ضرورت نہیں ہے۔۔۔ مت آنا۔ بس اور کیا___؟

*

نہیں___ اور سے زیادہ کچھ ہے۔ باہر کے مسائل، باہر کی ہی میز پر میزائل اور توپ کیوں بنتے ہیں۔۔۔ گھر آکر پھس پھس کیوں ہو جاتے ہیں اور مشعلیں اندر پلتا ہوا انقلاب سب کمرے میں آنے تک، بستر کی ہزار سلوٹوں میں کہاں گم ہو جاتا ہے۔ پھر وہی سوال۔۔۔

مُردے ہو تم۔۔۔
اور۔ بجھی ہوئی ہے تمہارے انقلاب کی مشعل
دیکھو، محسوس کرو، تمہارے اندر آگ لگی ہے۔
جسم کے پور پور میں آگ بھری ہے
اتنا زیادہ اپنے آپ سے مت لڑو
مت لڑو۔۔۔

خود سے بار بار ہزاروں، بے غیرت قسم کے سوال کرتا کمرہ۔۔۔ ایسا کیوں ہے وشن؟ وشن چپ ہے۔ پاؤں سے زمین کریدتا ہے۔

جینؤن کون ہے وشن؟ ہم___ کیا نہیں؟ خود کے جینئوئن ہونے سے انکار ہے کیا۔ ہم بڑی بڑی باتیں کرتے ہیں۔ سوچتے ہیں۔ پھر___ یہ آگ آڑے کیوں آجاتی ہے۔ ایک خاص عمر میں۔ یہ آگ سب کو ڈستی ہے۔ ہمارے جیسوں کو بھی۔ شادی کی عمر نکل جانے کے بعد بھی ہمیں ڈراتی رہتی ہے۔ مذاق اڑاتی ہے۔۔۔ کرلو شادی۔ گدھے ہو۔ اب کوئی پوچھے گا بھی نہیں۔

وشن کے چہرے پر گہری لکیریں ہیں۔۔۔ نو۔ میں پھر کہتا ہوں۔۔۔ ایک دن، ہم تم

اب خود کشی کر لیں گے ۔۔۔ کیوں ؟ ہم تم سب گڑ کے ڈھیر میں پڑے بور ژوا ہیں بس___ خود کشی بزدل لوگ کرتے ہیں نا۔۔۔ نہیں ایک دن سب احساس کی سطح پر اتنے طاقت ور ہو جائیں گے کہ۔۔۔

سناٹا۔ گہرا سناٹا۔ زندگی کے اتنے پڑاؤ پار کرنے پر بھی سچ مچ کی زندگی سے اتنا سا بھی واسطہ نہیں ہے کیوں ؟ وقت کتنی جلد اپنے احساس کو بوڑھا اور اپاہج بنا دیتا ہے۔

اس دن بسمیتا اداس تھی۔

بابو جی۔۔۔ میں جا رہی ہوں۔۔۔ ڈیم پر کام لگ گی ہے نا۔۔۔ اس لئے۔۔۔

کنٹریکٹر پیسہ لے کر بھاگ گیا بابو جی۔۔۔

پھر تم لوگوں کا کیا ہو گا___

یہ جگہ چھوڑ دیں گے___ ہمارا مرد کام ڈھونڈ رہا ہے۔

لگا، بسمیتا کا جسم دیمک کا گھر بن گیا ہو۔۔۔ باس آنے لگی ہو جسم سے

سنو۔ میں اپنا کام کر لوں گا___ دہ کچی سی مسکراہٹ۔ فل ٹائم بیچلر ہوں۔ یوں بھی زندگی بھر اکیلے ہی تو کام کرنا ہے مجھ رہی ہو نا تم ۔۔۔ برتن بھی دھو لوں گا، ب ایک ادھار لی گئی مسکراہٹ۔۔۔ اور۔۔۔ لگا تھا، بسمیتا کے جانے کے بعد کچھ ٹوٹے گا ضرور۔ ہاں، وشن کے چہرے پر ایک قاتل مسکراہٹ دیکھ رہا تھا۔۔۔

پھر کئی دن گزر گئے۔ جھگیاں ویسی ہی رہیں۔ شام میں ہر روز دفتر لوٹتے ہوئے لگتا ہے۔۔۔ آج جھگی نہیں ملے گی۔ سب لوٹ چکے ہوں گے۔۔۔ نہیں بھی لوٹے ہوں تو۔ مجھے کیا۔ لیکن لگتا ہے اندر ایک اداسی سی پسری جا رہی ہو۔

ایک دن بسمیتا کو ٹوکا بھی۔

"کام نہیں ہے تو تم لوگ بہار لوٹ کیوں نہیں جاتے ؟"

وہ جیسے اس سوال سے دکھ گئی ہو اور وہاں سے تو ای ہاں آئے ہیں بابو جی۔۔۔ کام کی تلاش میں۔ سب کچھ چھوڑ کر ___

محسوس ہوا، جسے ایک گندی گالی بکی ہو۔ بسمیتا نے۔۔۔ میں کون سا الگ ہوں ان سے کیا میں جا سکتا ہوں۔ لوٹ کر واپس بہار ___ اپنے وطن۔۔۔ وہاں اکھڑے اکھڑے سے سوال منتظر ہوں گے، شرما کے شرمائے سے جواب سننے کو ___ ہم بس پیدا ہو جاتے ہیں، بے حیا پودوں کی طرح کہیں بھی، پیدا ہو جاتے ہیں کسی بوجھ کی طرح۔ ہم جلتی ہوئی گرمی میں، دھوپ کے سائے میں۔ تپتی ہوئی سڑک پر بھی سو جاتے ہیں۔۔۔ کہ ہمیں زندگی کی طرف جاتے ہوئے کسی راستے کا کوی علم نہیں ہوتا۔۔۔ پھر ہمارے ہاتھ پاؤں برے ہوتے ہیں اور ہم سے کہا جاتا ہے۔ محبت کرو۔۔۔ رزق تلاش کرو۔۔۔ اور ہم گھر بار سب کچھ چھوڑ کر نکل جاتے ہیں۔۔۔

پھر شام ہو جاتی ہے۔۔۔

پھر شام ڈھل جاتی ہے۔۔۔

'پھر؟'

وشن میری طرف دیکھتا ہے ___

ہم سے پوچھو۔ کیا ہم واپس گھر لوٹ سکتے ہیں۔ وہ بھی نہیں گئے۔ بس جھونپڑی بدل گئی، یہاں وقت نہیں کمرے بدلتے ہیں، جھونپڑی بدلتی ہے اور جھونپڑی اُجڑ گئی۔ جھونپڑی بدل گئی ___ جانے سے پہلے ایک دن اس نے مجھ سے سو روپے مانگے۔ گھر پر چولہا جلانے کے لئے بھی کچھ نہیں تھا اور دوسری شام۔ کہانی ختم ہو گئی۔ میں دفتر سے لوٹا تو جھگی اجڑ چکی تھی۔ کوئی نہیں تھا۔ کچھ جھگیاں باقی تھیں، جو سمیٹی جا رہی تھیں۔ بس کہانی ختم ہو گئی۔ یہ کہانیاں ایسے ہی شروع ہوتی ہیں اور ختم ہو جاتی ہیں۔۔۔

نہیں ___

پہلی بار دیکھا، وشن کے چہرے پر وحشت کی ہزاروں آنکھیں ابل پڑی ہیں۔ اچانک بڑھ کر اس نے میری ہتھیلیاں تھام لیں۔۔۔ سنو، ہم سب وقت کا استعمال ہیں بس ___

میرا ہاتھ پکڑے پکڑے وہ بالکنی تک لے آیا۔۔۔ وہاں سامنے دور تک ایک خالی پن تھا۔۔۔ جہاں کل تک جھگیاں ہوا کرتی تھیں۔۔۔ دیکھو۔۔۔ سب کچھ صاف۔۔۔ کہانی ختم ہو گئی۔۔۔ کہانی میں تھا ہی کیا۔۔۔ اس خالی پن میں ہوتا بھی کیا جو کہانی بنتا۔ وہ بھی اپنے وطن سے منہ چھپائے پھرتے ہیں اور تم بھی۔۔۔ تم اس سے زیادہ کماتے ہو۔۔۔ تم نے سو روپئے اس کے ہاتھ پر رکھ دیئے اور کہانی ختم۔ بھول گئے ___

وشن کی آنکھوں میں ڈھیر سارا خون سمٹ آیا ___ یاد ہے ایک بار تم نے ایک انوکھے لفظ کو اپنی زبان سے صدا دی تھی۔ استعمال ___ تم ہر چیز کا استعمال ڈھونڈھتے ہو نا۔۔۔ اور بغیر استعمال والی چیز تمہیں بے مصرف، بے معنی لگتی ہے۔۔۔ کیوں؟ تم جاننا چاہتے ہو نا۔۔۔ کہ ان جیوں کا استعمال کیا ہے۔۔۔ یہ۔۔۔ جو تمہاری حقارت، نفرت اور غصّہ سے جنمے ہیں۔۔۔ جو نہ ہوں تو تمہارا وجود نہ ہو۔ ہاں تمہارا وجود۔۔۔ جو بس ان کے ہی سہارے ٹکا ہے۔ ان جیوں کے ___ تم روتے ہو، ہنستے ہو، گندگی کرتے ہو۔ سامانوں کا بوجھ بڑھاتے ہو۔ ہر جگہ تم ان کی مدد پر ٹکے ہو۔ یہ نہ ہوں تو تم جیسوں کے کام دھندے رک جائیں۔ ہاں۔ یہ عورت ان میں سے ہی ایک ہے۔ جس نے سمجھا کہ تم اسی کے گاؤں کے ہو۔۔۔ وہ تمہارا کھانا بھی گرماتی تھی اور ضرورت پڑنے پر تمہیں بھی ___ تم حیت کرو گے۔ اسے اپنا استعمال معلوم تھا۔ استعمال کہ وہ۔ تمہیں خوش کر رہی ہے۔۔۔ ایک استعمال اور بھی تھا کہ اس کے بنائے کھانے تمہارے جسم میں جاتے تھے اور اس کے بدن کی گرمی تمہارے اندر کے انٹلکچول کو ذہنی طور پر تندرست رکھتی تھی۔ اس لئے کہ۔

ساری غلاظت اس کے بدن میں انڈیل کر تمہارے سو کالڈ قلم کو سوچنے اور لکھنے کا وقت مل جاتا تھا___

وشن نے گھور کر میری طرف دیکھا___ مگر میرے جینئس فرینڈ۔ تمہارا استعمال کیا ہے۔ تم لکھتے ہو۔ ہے نا؟ زمانے میں سدھار کرتے ہو۔ غریبوں کی لڑائی لڑتے ہو۔ بکتے ہو تم۔ فراڈ ہو تم سب۔ صرف اپنی آتما خوش کرتے ہو تم۔ غریبی کاغذ پر اتارتے ہوئے اچھا لگتا ہے تمہیں لیکن آج تک کبھی کوئی لڑائی نہیں لڑی تم نے اور تم لڑنے کے لائق بھی نہیں ہو___

اچانک وہ ٹھہرا۔ ٹھنڈی سانس بھری۔ میری آنکھ میں جھانکا___ سب کچھ جائز ہے ہمارے لیے کہ ہم اس عہد کے دانشور ہیں۔۔۔

اس نے ایک ٹھہاکا لگایا۔ مارو گولی یار۔ آؤ میرا ہاتھ تھام لو۔ میں نے کہا تھا۔۔۔ ہم تم سب ایک دن خود کشی کرلیں گے۔ سچ اپنے سڑے ہوئے جسم سے اتنی سڑن آئے گی کہ۔۔۔ آؤ خود کشی کرلیں۔ سمجھو یہ گہرا دریا ہے اور ہم کود رہے ہیں۔۔۔ آ۔۔۔ آ۔۔۔ لو کود گئے۔۔۔

اس نے میرا ہاتھ تھاما۔ آنکھیں بند کیں اور جیسے خیالی دریا میں چھلانگ لگا دیا۔

پھر خود ہی ہنسا۔ دھت۔ ہم ڈھنگ سے مر بھی نہیں سکتے___

***

فیصلہ

میں اُسے تین چار دنوں سے دیکھ رہی تھی۔ کب، کہاں۔۔۔ شاید یہ سب سلسلہ وار بتا پانا میرے لیے ممکن نہیں ہے یا پھر آپ یہ بھی کہہ سکتے ہیں کہ میں ایک ایسے نفسیاتی خوف کا شکار ہوں، جس کی وجہ سے کچھ بھی بتا پانے میں قاصر ہوں۔ راتوں کو اچانک انجانے خوف سے میری آنکھیں کھل جاتی ہیں۔ پھر لگتا ہے کسی اجنبی سڑک یا بس میں ہوں۔ پھر لگتا ہے پولس کی ایک وین میرے سامنے یا بس کے آگے آکر رکتی ہے۔ چاروں طرف پولس والے پوزیشن لیے۔۔۔ پھر سڑک پر گول گول دائروں کے درمیان پڑی ایک خون سے سنی ہوئی لاش —ان کاؤنٹر یا فرضی مڈبھیڑ کی ایک کہانی۔ عہدے اور ترقی کا خواب دیکھنے والے اپنی بہادری کی رپورٹ حکومت تک پہنچانے میں مصروف۔۔۔

نہیں، شاید اب یہ سب آپ کو بتانے کی بالکل ضرورت نہیں ہے کہ میں کون ہوں اور کہاں رہتی ہوں۔ میں اسی قوم کی ایک اقلیت لڑکی ہوں، اعداد شمار کے مطابق، جنہیں اب ۲۰-۲۵ کروڑ سے کم شمار کرنا ایک بھول ہی کہی جاسکتی ہے۔ میں یہ بھی نہیں جانتی کہ ہمارے رہنماؤں، سیاسی لیڈروں نے اتنی بڑی آبادی، جو کسی ملک کی آبادی سے بھی زیادہ ہے، ہوتے ہوئے بھی ہمیں اقلیت ہونے کی ذہنیت میں کیوں قید کر رکھا ہے —جانے دیجئے، میں سیاسی کھیلوں کے اس چکر میں نہیں پڑنا چاہتی۔ میں تو صرف اس خواب کی طرف آنا چاہتی ہوں، جس نے مجھے یکایک چونکا دیا تھا۔

سفید، میلے کرتے پائجامے میں۔ چپّل ٹوٹی ہوئی۔ آنکھوں پر ایک بے حد پرانے قسم

کا چشمہ — آنکھیں ایسی کہ خطرناک نظر آنے والے گدھوں کی آنکھوں میں بھی وہ چمک نہ ہو۔ مگر اس وقت اس چمک کی جگہ ایک گہری سنجیدگی نے لے لیا تھا۔

وہ میرے کمرے میں تھا لکھنے والی میز پر۔ میری اجازت کے بغیر۔ کاغذ بکھرے پڑے تھے۔ سگریٹ پی پی کر اس نے اپنے دانت سیاہ، اور انگلیوں کو زرد کر لیا تھا۔ بال بکھرے تھے، جس میں کنگھا کرنے کی ضرورت اس نے بالکل بھی محسوس نہ کی تھی۔

میں اسے گذشتہ تین دن سے دیکھ رہی تھی۔ پہلے دن تو میں ڈر ہی گئی تھی۔ میرے کمرے میں ایک مرد۔۔۔ میں نے ڈر کر تھوڑا کانپتے ہوئے پوچھا تھا۔

'کون ہو تم۔۔۔؟'

'آہ۔۔۔! مسٹیک ہو گیا۔' وہ بہت آہستہ سے بولا۔

'کیا لکھ رہے ہو۔۔۔'

اس نے میری طرف نگاہ مرکوز کی —'کچھ لکھنا چاہتا ہوں، مگر۔۔۔ میرے لفظ کھو گئے ہیں۔ یاد ہے ایک زمانہ تھا جب میں ہر دن آرام سے ایک کہانی لکھ دیتا تھا۔'

'بنو مت۔ ہر دن ایک کہانی — ایسا صرف ایک مہینے ہی ہوا تمہارے ساتھ۔ سگریٹ اور شراب کے پیسے نہیں ہوتے تھے تمہارے پاس۔ تم ایک کہانی لکھتے تھے۔ میگزین کے مدیر کو دیتے تھے۔ اور پیسہ لے کر شراب کی ایک بوتل لے آتے تھے۔ تم ۔۔۔ تمہیں تو اپنی پیاری بیوی کی بھی کوئی فکر نہیں تھی۔۔۔'

لیکن شاید جیسے اس نے میرا سوال سنا ہی نہیں۔ وہ کہیں اور دیکھ رہا تھا۔۔۔ 'میرے پاس لفظ ہی لفظ تھے۔ تب بھی جب ٹوبہ ٹیک سنگھ، ٹھیک نو مینس لینڈ پر اپنی آنکھیں بند کرنے والا تھا۔۔۔ اور۔۔۔ وہ بھیانک ٹھنڈا گوشت'۔۔۔ شاید مجھے سب کچھ یاد رہا ہے ۔۔۔ وہ قیامت کی دوپہر۔۔۔ جب ڈاکٹر کی آواز پر وہ لڑکی اپنی شلوار کا ازار بند کھولنے لگی

تھی۔ نہیں تب بھی میرے پاس لفظ تھے۔۔۔

'اور اب۔۔۔'

لیکن میرے دیکھتے ہی دیکھتے وہ غائب تھا۔۔۔

میں اس رات اس ڈراؤنے خواب سے بری طرح چونک گئی تھی۔

*

چلئے اپنا نام بھی بتا دیتی ہوں۔ کوثر بی یا جو بھی نام آپ کو پسند ہو، آپ خود کیوں نہیں رکھ لیتے۔ میں پیدا ہوئی تب بھی باہر شعلے بھڑک رہے تھے۔۔۔ بڑی ہوئی تو یہ شعلے تب بھی رہ رہ کر بھڑک جاتے۔ باہر کی وحشت اور دہشت کے گھنگھرو کچھ اتنے بے سرے تھے کہ بچپن میں ہی کتابیں دوست بن گئیں اور کتابوں کو پڑھتے ہوئے نہ چاہتے ہوئے بھی اس بڑی بڑی خطرناک آنکھوں والے منٹو سے میری دوستی ہو گئی — مگر میں نے کبھی سوچا بھی نہیں تھا کہ یہ دبلا پتلا بیمار سا دیکھنے والا ادیب کبھی اس طرح میرے اور میرے خواب کے درمیان بھی آسکتا ہے۔

نہیں، اس دن کا حوالہ دینا ضروری ہے۔ شہر میں ایک بار پھر دہشت کے گدھ منڈرا رہے تھے — اقلیتوں کے محلے میں پولس جیپوں کی آمد و رفت بڑھ گئی تھی۔ دو تین سال قبل ہونے والے حادثے لوگوں کو اب بھی یاد تھے۔ حادثے، شکل بدل کر ایک بار پھر زندہ تھے۔ میں کوئی صحافی نہیں اور وہ سب تو آپ ٹی وی پر چینلوں پر دیکھتے ہی رہتے ہیں۔ بس مجھے اتنا یاد ہے، اس صبح تیز بارش ہوئی تھی — ہم سہمے ہوئے گھر میں نظر بند تھے — اپنے ہی گھر میں پرائے ہونے کا احساس کیسا ہوتا ہے، آپ سمجھ سکتے ہیں۔ اس دن شام کو کھانا ہم لوگوں نے جلدی کھا لیا تھا۔ ٹی وی پر فرضی مٹھ بھیڑوں کی کہانیوں میں کوئی دلچسپی نہیں تھی — اس لیے سب سونے چلے گئے تھے۔ میں کمرے میں آ گئی۔۔۔ کھڑکی

بند کی اور بستر پر خاموش سی لیٹ گئی۔

نہیں، آہ! اس بھیانک خواب کے لیے میں آپ سے معافی چاہتی ہوں۔ لیکن اس رات منٹو ایک بار پھر میرے کمرے میں تھا۔ اور یہ کوئی میری آنکھوں کا وہم نہیں تھا۔

'چلو باہر گھومنے چلتے ہیں۔۔۔'

'پاگل ہو۔۔۔ باہر۔۔۔ کرفیو جیسا سنّاٹا ہے۔'

'جانتا ہوں۔ ماحول اچھا نہیں۔۔۔'

'پھر پولس پکڑ لے گی۔'

'پکڑے گی نہیں —' وہ ہنس رہا تھا —'ان کاؤنٹر کر دے گی۔۔۔'

'سب جانتے ہو تم۔۔۔ پھر بھی باہر گھومنے، سیر کرنے کی بات۔۔۔'

وہ اچانک سنجیدہ ہو گیا۔۔۔ 'کچھ نہیں ہو گا۔ میل دو میل کا چکر لگا کر واپس آ جائیں گے۔۔۔'

'میل۔ دو میل۔۔۔ پیدل؟'

'شی۔۔۔ ایک گاڑی لے آیا ہوں۔ چرا کر۔۔۔' وہ ہنس رہا تھا۔ یہ بات کم لوگ جانتے ہیں کہ میں نے قائد اعظم محمد علی جناح کے لیے بھی ڈرائیونگ کی تھی۔'

'جانتی ہوں اور ان کی گاڑی کو ٹکّر دے ماری تھی۔۔۔'

منٹو ہنس رہا تھا۔ 'فکر مت کرو۔ اس بار احتیاط سے چلاؤں گا۔'

میں نے گھڑی دیکھی۔ رات کے تین بج چکے تھے۔ سڑک ویران تھی۔ میں نے کھڑکی کھولی۔۔۔ زمین اب بھی گیلی تھی۔ پتہ نہیں بیالیس۔ تینتالیس سال کے اس دبلے پتلے ادیب میں، وہ کیسی کشش تھی کہ میں اس کے ساتھ چل پڑی۔ بارش سے بھیگی سڑک، کتّوں کے بھونکنے اور رونے کی آوازیں۔۔۔ ہم گاڑی میں بیٹھ گئے۔ گاڑی تیز

بھاگ کھڑی ہوئی۔۔۔ تھوڑے تھوڑے فاصلوں پر اونگھتی پولس جیپیں لیکن منٹو اپنے خیالوں میں گم تھا —وہ جیسے شہر اور شہر کی اس ویرانی کو اپنی آنکھوں میں بھر لینا چاہتا تھا ۔۔۔ دو ایک جگہ پولس نے کچھ روک کر کچھ سوال کئے۔ منٹو نے ہنس کر کیا جواب دیئے میں نہیں جانتی۔ میں نے صرف اتنا دیکھا کہ اندھیرے میں، اس نے اپنی پیشانی پر چندن کا ٹیکہ ڈال رکھا تھا۔ میرے اندر کے خوف کو دیکھ کر وہ ہنس پڑا—

'میں نے کہا تھا نا' کچھ نہیں ہوگا۔۔۔ بس کچھ اور دور۔۔۔'

ہم چار پانچ کلو میٹر سے زیادہ دور چل چکے تھے۔ اس بار منٹو نے گاڑی جس سڑک کی طرف موڑی کہ اچانک میں چلّا پڑی —'کہاں جا رہے ہو تم۔۔۔'

'شی۔۔۔' اس نے ہونٹوں پر انگلی رکھی —تاریخ اتنی جلد نہیں مرتی۔ کچھ بھی کہنے کی ضرورت نہیں۔ بس چلتی چلو۔' میں کہنا چاہتی تھی کہ تاریخ تو کبھی نہیں مرتی مگر جانے کیا سوچ کر میں خاموش رہی۔

اب چار بج چکے تھے۔ ہم اقلیتوں کی ایک غریب بستی میں تھے۔ جہاں گھوڑے والے اور روزانہ مزدوری کرنے والے مزدوروں کے چھوٹے چھوٹے کچّے پکّے مٹّی کے گھر بنے ہوئے تھے۔ کتّے اب بھی بھونک رہے تھے۔ ان گھروں میں کچھ کی صبح ہو چکی تھی۔ کچھ گھروں میں چولہے سلگ گئے تھے۔ ایک دو گھروں کے آگے کچھ بچے بھی نظر آئے۔۔۔ عورتیں جھونپڑوں کے اندر باہر کرتی نظر آئیں۔۔۔ اور اچانک وہ حادثہ ہو گیا تھا۔۔۔ ایک بھیانک حادثہ — گاڑی کے آگے اچانک آ گئے تھے —ایک چھوٹا سا، اقلیت کا بچہ اور ایک گائے کا چھوٹا سا بچھڑا —بے فکری میں گاڑی چلاتے منٹو کے لیے ایک سکینڈ میں فیصلہ لینے کا وقت تھا۔ 'نہیں' آپ چاہیں تو کہانی یہاں چھوڑ سکتے ہیں۔ میں آگے اسے پڑھنے کے لیے نہیں کہوں گی۔۔۔ کیونکہ آگے جو کچھ آپ پڑھیں گے، وہ غیر

اخلاقی، انسانیت سوز، اذیت ناک اور بے حد تکلیف دہ ہے — انسانی حقوق کے خلاف بھی ہے — آخری کچھ سکنڈ میں میں نے زوروں سے اپنی آنکھیں بھینچتے ہوئے گائے کو اچھل کر بھاگتے ہوئے دیکھا تھا۔۔۔ منٹو نے گاڑی اس اقلیت بچے کی طرف — نہیں۔ میں پھر کہتی ہوں، مہربانی کر کے اس لمحہ بولے گئے بے رحم اور سفاک مکالمے کو آپ اس کہانی سے خارج کر سکتے ہیں۔

ہم واپس گھر پہنچ چکے تھے۔ منٹو کھڑکی کی سلاخوں کے پاس تھا۔ اس کے چشمے پر دھول جم گئی تھی۔ وہ جلدی جلدی سگریٹ کے کش لے رہا تھا۔

'تم اس بچے کو بچا سکتے تھے۔۔۔' میں زور سے چیخی۔

'گائے اور بچے میں سے ایک'۔۔۔ شاید مجھ سے کہیں زیادہ شدت سے منٹو چیخا تھا —'ایک اقلیت بچے کا حادثہ دو گھنٹے میں بھلا دیا جائے گا۔ اس بستی میں گائے کے بچھڑے کا مرنا جانتی ہو۔۔۔'

منٹو پلٹا۔ میز پر بکھرے کاغذوں کے چیتھڑے کر کے اس ڈسٹ بین میں ڈال دیئے۔

منٹو غائب تھا۔۔۔ لیکن وہ کرسی جس پر ابھی کچھ لمحہ قبل وہ بیٹھا تھا، وہ ابھی بھی ہل رہی تھی۔

***

الفتح لنا۔۔۔ الفتح لنا۔۔۔

میسوپوٹامیہ، بے بی لون، دجلہ اور فرات ___ کتنی صدیوں نے، کتنے یگوں نے یہاں اپنے ماضی اور تہذیب کا عکس دیکھا ہے؟

ایک عمارت بھر بھرا کر گرتی ہے۔ ایک بازار ___ ایک گھر ___ ایک لڑکی، جو ایک لڑکے سے محبت کرتی ہے اور ایک بچہ ___ بچے کی صرف ایک خواہش ہے، وہ اپنے بڑے بھائی کے کنچوں (شیشے کی گولیاں) سے کھیلے۔۔۔

"___ امریکی فوج بم، گولوں کی برسات کر رہے ہیں۔"

(ارون دھتی رائے کے ایک مضمون سے)

گول گول کنچے کی گولیاں۔ کنچے کی گولیاں نہیں ہیں۔ بھائی نے چھپا دیا ہے۔ نہیں، بھائی ساتھ لے کر گیا ہے۔ بھائی کو ماموں لے گئے۔

'غالی بچہ ہے۔ میرے ساتھ جنگ کرے گا۔۔۔'

'کس کے لئے؟'

'کافروں کے خلاف۔ امریکہ کے خلاف۔۔۔'

بچہ صرف سات سال کا ہے۔ بچہ اندھیرے میں کنچے ڈھونڈھ رہا ہے۔ یہیں تو تھے ۔۔۔ بھائی یہیں رکھتا تھا۔ کبھی کبھی تکیے کے نیچے۔ المیرا کے دائیں طرف ۔۔۔ وہاں، سوراخ میں بھی رکھ دیتا تھا۔ کنچا نہیں مل رہا ہے۔۔۔

شہر گھپ اندھیرے میں ہے۔ اماحسنہ عبداللہ بھاگ بھاگ کر اندھیرے میں باہر

جاتی ہے۔ پھر واپ آتی ہے۔ کبھی کبھی اپنی زبان میں بڑبڑاتی ہے___ بالروح وبالدم۔ فدیناک یا صدام___" جیسے آتش بازیاں چھوٹتی ہیں تیز دھماکہ، آسمان پر مسلسل دھماکے کے ساتھ روشنیوں کی آنکھ مچولی۔ آنکھیں، کان، دل، دماغ--- جسم جیسے ہر طرح کے خطرے، اندیشے کو اندر ہی اندر Defuse کر چکا ہے۔ پھر دھماکہ--- مسلسل آسمان پر ایک کے بعد ایک دھماکے___ بچہ کنیچے ڈھونڈ رہا ہے---

'اماں--- اماں---'

عورت گھبرائی سی اندر آتی ہے---

'کنیچے---'

عورت خبر لائی ہے--- ہوائی اڈہ امریکی فوجیوں کے ہاتھ چلا گیا۔ اسٹریٹیجی بدل گئی ہے___ آپریشن عراقی فریڈم اپنے آخری مرحلے میں ہے۔ بصرہ کے بعد اب بغداد بھی ان کے قبضے میں ہے۔ ریڈیو اور سیٹلائٹ چینلوں پر ان کے قبضے ہو چکے ہیں۔ ریپبلکن گار آہستہ آہستہ پیچھے ہٹ رہے ہیں۔ فوجی اب بغداد کے رہائشی علاقوں پر بم باری کر رہے ہیں۔ تیز ہزار سے بھی زائد عراقیوں کے ہلاک ہونے کی خبر آچکی ہے___

'اماں--- کنیچہ---'

'بچہ رو رہا ہے___ کنیچے--- روشنی اماں۔ کنیچے۔ ابو___ کنیچے--- بھائی--- کنیچے---'

عورت ایک عجیب سی خبر لے کر لوٹی ہے۔ ٹگرس ندی کا پانی سرخ ہو گیا ہے۔ ایک ہفتہ سے ساری ساری رات پانی اُبلتا رہا___ پانی سے عجیب عجیب آوازیں آتی ہیں___ جیسے کوئی چیخ رہا ہو--- غالی--- غالی--- آگے بڑھو--- آگے بڑھو--- ملک کو کافروں سے بچالو___ نصرانیوں سے، یہودیوں سے--- غالی غالی--- وہ پہلے بھی

خوفناک سائرن کی اِن آوازوں کو سن چکی تھی۔۔۔ وہ پہلے بھی یہ منظر دیکھ چکی تھی۔ تب شادی نہیں ہوئی تھی۔ تب عبداللہ نہیں ملے تھے ___ تب یہ دونوں بچے وجود میں نہیں آئے تھے ___ لیکن تب بھی ٹگرندی کا پانی لال سرخ ہو گیا تھا۔ لہریں اُچھل اُچھل کر آسمان جنتی بلند ہو جایا کرتی تھیں۔۔۔ اور لہریں بھوکے پیاسے لوگوں کو جہاد کے لئے تیار کرتی تھیں۔۔۔ غالی غالی۔۔۔ بالروح۔۔۔ بالدم۔۔۔ فدیناک یا صدام!

شہر گھپ اندھیرے میں ہے •

گھر کی ہر شئے اندھیرے میں ڈوبی ہے۔ دن کا اُجالا، اپنی زندگی آمیز چمک میں اِن دھماکوں کو باندھ لیتا ہے مگر رات کے پُراسرار اندھیرے میں یہ گرہ کھل جاتی ہے ___ عورت صدمے جیسی کیفیت میں ہے ___ شوہر غائب ہے۔ بڑے کو ماموں لے گیا اور چھوٹا کنچے ڈھونڈ رہا ہے۔۔۔

چپ چپ۔۔۔

'اماں روشنی۔۔۔'

کافر آجائیں گے۔۔۔ دھماکے سن رہے ہو نا۔۔۔

'اماں۔۔۔ کنچے۔۔۔'

کنچے بھائی لے گیا۔۔۔

بچے کو پھر ایک جگہ تلاش کے لئے نظر آئی ہے۔ کپڑوں کا صندوق۔ بھائی کے کپڑوں کا صندوق۔ اندھیرا، نئی تلاش کے نام پر آنکھو میں روشنی بن کر اُبھرتا ہے ___

عورت گہری اداسی میں ڈوب گئی ہے ___ امریکی کنکریٹ کی عمارتوں کو نشانہ بنا رہے ہی۔ کروز میزائلس کے دھماکے قریب میں بھی ہوئے تھے۔۔۔ بچوں کا اسکول ۔۔۔ پاک، تہمینہ اور ناوجہ کے مکانات۔۔۔ اس کی قریبی سہیلیاں ___ اب صرف

اندھیرا ہے--- کروز میزائلس کے دھماکے میں سہیلیاں گم ہوگئیں۔ دجلہ اور فرات کا پانی چڑھ آیا تھا۔ ٹگرس ندی کی سرخ لہریں اُچھل اُچھل کر چیخ رہی تھیں--- غالی--- غالی--- عورت، بچے کے ساتھ سہیلیوں کو تلاش کرنے گئی تھی مگر___ وہاں سہیلیاں کہاں تھیں۔ سہیلیوں کے گھر والے کہاں تھے۔ وہ ہر اور بچے کچھ بھی نہیں تھے___ عراقی اور ریپبلکن گارڈس کے لوگ جمع تھے___ ملبے کے ڈھیر تھے___ آسمان پر پھیلتا دھواں تھا___ ٹوٹے مکانات___ کنکریٹ کے ڈھیر___ سیٹیلائٹ ڈشوں کے تار--- اُدھڑے پلاسٹر--- اور دور تک بس دھواں ہی دھواں---

عورت حیران پریشان سی، سہمے سہمے چہروں میں اپنی سہیلیوں کو تلاش کرتی ہے---ناوجہ، تہمینہ--- دجلہ اور فرات کی لہروں میں گم آوازیں پیچھا کرتی ہیں___

'جنگ ہوئی تو ہم، فدائین میں شامل ہو جائیں گے---'

'اور تم حسنہ---'

'اس کی آنکھیں خوف سے پھیل گئی تھیں--- لیکن وہ جنگ کیوں چاہتا ہے___ ہماری اس کی برابری کیا ہے۔ ہم چین سے ہیں۔ سکون سے ہیں___ کویت کے ساتھ ہونے والی غلطی کا خمیازہ تو ہم پہلے ہی کافی بھگت چکے___ لاکھوں بے گناہ، ٹینک، جہاز، بم گولے، ہیلی کاپٹر، کروز میزائلس، گیس ماسک اور اس کے بعد___ وہ زخموں پر مرہم لگانے پہنچ جاتے ہیں۔ پروٹینس فو، ٹائیلٹ پیپر سے لے کر___ وٹامن اور بوتل بند پانی کے ساتھ ہماری آزادی کے نام پر___'

ناوجہ کی آنکھوں میں اندیشے کی بجلی چمکی تھی___ "گیارہ ستمبر، ورلڈ ٹریڈ ٹاور___ اور پنٹاگن پر حملے کے لئے امریکہ، صدام کو گنہگار اور قصوروار سمجھتا ہے وہ سمجھتا ہے کہ آج بھی القاعدہ کی ڈور جن کے ہاتھوں میں ہے، صدام ان میں سے ایک ہے---"

تہمینہ نے کہا___ جنگ میں ہم بچے اور شوہر کے ساتھ مورچے پر ہوں گے___ امریکی بیڑے ریت کے سمندر میں بھٹک جائیں گے___ فدائین___ ہم فدائین میں شامل ہوں گے۔۔۔

ماحول میں اُڑتی ہوئی ریت دھواں دھواں آسمان۔۔۔ ملبہ صاف کرتے ہوئے گارڈ ۔۔۔ ایک لمحے کو خیال آیا۔ گارڈ سے دریافت کرے ۔۔۔ میرے شوہر، عمر ۳۸سال___ دائیں رخسار پر بڑا سا منہ۔ آنکھوں پر چشمہ___ قد چھ فٹ دو انچ۔ پچھلے جمعہ سے کوئی اتہ پتہ نہیں۔۔۔

گارڈس چیخ رہے ہیں۔ برقعہ پہنے عورتیں زور زور سے رو رہی ہیں۔۔۔ بچے دھمال کر رہے ہیں___ وہ واپس لوٹی تو کچھ بچے کروز میزائلس داغنے کا کھیل، کھیل رہے تھے۔ وہ ایک لمحے کو ٹھہری___ پھر واپس لوٹ آئی___

عورت کو سب کچھ یاد تھا۔ وہ کچھ بھی نہیں بھولی۔ اس دن پہلی بار خطرے کا سائرن چیخا تھا۔ وہ اپنے شوہر کو اپنے ہاتھوں سے کھلا رہی تھی۔ بڑا، گیارہ سال کا، ہاتھوں میں ریموٹ لئے کبھی الجزیرہ کبھی ابو ظہبی کے چینلس لگا دیتا۔۔۔

وہ چیخی۔ سبحان ۔۔۔ نہیں۔ اللہ کے واسطے ۔۔۔ ایک جگہ ٹھہرو سبحان ۔۔۔ سنا تم نے۔۔۔

شوہر مسکرایا___ اپنے چینلس ہیں۔ جنگ کے دوران بس انہی کی سچائیوں کو قبول کرنا___ تمہیں پتہ ہے یوروپ کے ایک کروڑ سے بھی مائد گھروں میں یہ چینلس پہنچ چکے ہیں___'وہ فخریہ طور پر مسکرایا۔ ہماری آواز۔۔۔ میں غائب بھی ہو جاؤں تو۔۔۔ لاپتہ ۔۔۔'

عورت نے شوہر کے ہونٹوں پر ہاتھ رکھ دیا۔ عربی میں ناراضگی کا اظہار کیا___

"سنو۔ کمزور مت بنو۔" شوہر نے عورت کے ہاتھوں کو تھام کر اپنے سے قریب کر لیا تھا۔ میری بات غور سے سنو ___ یہ جنگ ہم پر تھوپی گئی ہے ___ سن رہی ہونا۔ بچوں کو بھی بزدل مت بنانا۔ بڑا گیارہ سال کا ہے۔ میرے بعد، اسے بھی جنگ کے لئے تیار کر دینا ___ اپنی عزت کے لئے جنگ ضروری ہے۔۔۔

اس کی آنکھیں خلاء میں دیکھ رہی تھیں۔ مورت کی آنکھوں میں نمی لہرائی تھی۔

شوہر نے اپنی آواز پر قابو پاتے ہوئے کہا ___ "یہ بہت بڑی مچھلیوں سے جنگ ہے ___ چھوٹی مچھلیوں کو صرف اپنی حفاظت کرنی ہے ___ جنگ وہ لڑ رہے ہیں۔ ہم نہیں۔ ہم صرف اپنا بچاؤ کر رہے ہیں۔ اپنے ملک، اپنے گھر کا بچاؤ ___ ہمارے پاس سامنا کرنے کے لئے اُن کے جیسی میزائلس اور ہتھیار نہیں ہیں ___ ہم اپنے گھر، اپنے خاندان، اپنی قوم اور اپنی عزت کے لئے لڑ رہے ہیں ___ اس لئے سمجھ رہی ہونا۔ میں لاپتہ ہو جاؤں تو ___"

عورت نے بے رحمی کے انداز میں، اپنے آپ کو سخت بنا لیا تھا۔ شوہر کے لاپتہ ہونے پر اس نے بزدلی کا راستہ نہیں اپنایا۔ چپ چاپ بڑے کو ماموں کے ہاتھوں سونپ دیا۔ سونپتے وقت اس نے آنکھیں بند کیں ___ کلمہ پڑھا ___ بڑے کے چہرے پر پھونک ماری۔ نہ پٹایا۔ نہ پیار کیا۔ نہ جاتے وقت پلٹ کر دیکھا۔ نہ آنکھوں میں آنسو لائی ___ وہ چپ چاپ کمرے کے ادھڑے پلاسٹرس کو دیکھ رہی تھی جنگ کے خاتمہ کے بعد، سفیدی کرانے کے بارے میں غور کر رہی تھی ___ دو سال پہلے عید کے موقع پر ___ سفیدی کو دو سال کیوں لگے ___ عبد اللہ، بصرہ چلے گئے تھے۔ تجارت کے کام سے۔ بصرہ ___ لیکن، وہ تو سفیدی کرہی سکتی تھی۔

چھوٹا اُس وقت بھی کنچے تلاش کر رہا تھا۔۔۔

"اماں۔۔۔کنچے۔۔۔بھائی۔۔۔کنچے۔۔۔"

اُسے یقین تھا، صبح ہوتے ہی چھوٹا، کنچے کے ذکر کو بھول جائے گا۔

وہ اُسے کھیلنے کے لئے کچھ نئے کھلونے دے دے گی۔

پانچ بجے کے آس پاس کروز میزائلس دغنی بند ہوگئی تھی۔ عورت کو جھپکی آگئی تھی۔ بچہ فرش پر بچھے قالین پر سو گیا تھا۔ نیند ٹوٹی تو کھڑکی سے ہلکی ہلکی سفیدی جھانکنے لگی تھی۔ آنکھیں ابھی بھی نیند سے بوجھل تھیں۔ اس نے آگے بڑھ کر کھڑکی کا شیشہ کھولا۔ پردے ہٹائے۔ ابھی اندھیرے اور اُجالے کی کشمکش جاری تھی۔ بچے نے آہٹ سن کر کروٹ بدلی۔ بلیک آؤٹ سے چندھیائی آنکھوں کو مدھم روشنی سے ذرا سی راحت ملی۔ بچے نے ایک لمحے کو آنکھ کھولی ___ پھر وہی پرانا ٹیپ چالو کیا ___ 'اماں۔ کنچے، لیکن چھوٹے نے اماں کے جواب کا انتظار نہیں کیا۔ پھر کروٹ بدل کر سو گیا ___"

اس نے کھڑکی سے باہر دیکھا ___ سڑکوں پر لوگ نکلنے لگے تھے۔ ریپبلکن گارڈ اور بہت سے عراقی مرد، زور زور سے گفتگو میں لگے تھے ___ وہ غسل خانے میں آئی۔ برش کیا۔ منہ پر پانی ڈالا ___ فریج سے بوتل بند پانی نکالا۔ ایک لمحے کو نگاہ قالین کی جانب چلی گئی۔ چھوٹا غائب تھا ___ اس نے گھڑی کی سوئیوں کی جانب دیکھا۔ آواز لگائی ___ ایک کمرے سے دوسرے کمرے۔۔۔ دوسرے تیسرے کمرے کی طرف ___ مگر چھوٹا نہیں تھا ___ باہر شور بڑھ گیا تھا۔ دھماکے ابھی رُکے ہوئے تھے۔

"جبار۔۔۔ جبار۔۔۔"

عورت کا دل دھک سے رہ گیا۔ جبار کہاں گیا۔ چھوٹا کہاں گیا۔ ابھی تو یہیں تھا۔ فرش پر سو رہا تھا ___ بلیک آؤٹ میں، کروز میزائلس کے دھماکوں کے بیچ ___ بھائی اور کنچے کی کشمکش میں۔۔۔

باہر شور بڑھ گیا تھا___ کچھ لوگ چلا رہے تھے۔۔۔

جبار۔۔۔ جبار۔۔۔

اس نے کھڑکی سے جھانکا___ پھر جیسے سن۔۔۔ن۔۔۔ سے رہ گئی___ دروازے پر آئی۔ لوگ جمع تھے۔ لوگ تیز تیز آواز میں کچھ بول رہے تھے___ وہ تیزی سے پلٹی۔ دروازہ کھول کر باہر آئی اور جیسے اپنی جگہ تھم سی گئی___

آگے، کچھ فاصلے پر جبار اور کچھ بچے کھڑے تھے۔ ریپبلکن گارڈس کے آدمی چیخ رہے تھے۔ عورتیں چلا رہی تھیں۔ مرد شور کر رہے تھے۔۔۔

"نہیں۔۔۔ پھینک دو۔ پھینک دو۔۔۔ بچے۔۔۔ واپس آجاؤ۔۔۔"

اُس نے غور سے دیکھا___ جسم کے اندر اندر جیسے تیز بجلی اُترتی چلی گئی۔ بچوں کے ہاتھوں میں گول گول کوئی چیز تھی۔ نہیں گولے۔ گولے نہیں، بم گولے نہیں، ہتھ گولے___

دھوپ نکل آئی تھی۔ آسمان پر چڑیوں کا نام و نشان نہیں تھا۔ دور دھواں اُٹھ رہا تھا۔ دھماکے شروع ہو گئے تھے۔ کروز میزائلیں داغی جانے لگی تھیں۔۔۔

ریپبلکن گارڈس کے آدمی چیخ چیخ کر بتانے کی کوشش کر رہے تھے۔۔۔ رات کے وقت۔۔۔ نہیں۔ حمزہ اور نجف کالونیوں میں۔ رہائشی علاقوں میں___ امریکی فوجیوں کی جانب سے گولے پھینکے گئے___ یہ گولے پھٹ نہیں پائے___ کبھی بھی پھٹ سکتے ہیں ۔۔۔ فی امان اللہ۔

وہ عربی زبان میں زور زور سے باتیں کر رہے تھے۔۔۔

"دے۔۔۔ دو۔۔۔"

"انہیں ڈی فیوز کرنا ہوگا۔۔۔"

'بچو--- یہ کھلونے نہیں ہیں۔ بم ہیں--- بم---'

بچو۔ پیارے بچو---

'واپس آؤ___'

عورتیں چیخ رہی تھیں۔ مرد گھبرائے سے لگ رہے تھے۔ گارڈس کے چہرے پر ہوائیاں اُڑ رہی تھیں۔ سب دبے پاؤں بچوں کو گھیرنے کی نئی اسٹریٹجی بنا رہے تھے___

'جبار--- خدا کے واسطے جبار___'

وہ گلہ پھاڑ کر چیخی___ ٹھیک اُسی وقت ذرا دور پر آسمان میں ایک میزائل پھٹا تھا___ روشنی کے تیز دھماکوں کے بیچ بارودی دھواں تاحد نظر چھاتا ہوا محسوس ہوا___

بچے گا رہے تھے--- الفتح لنا--- الفتح لنا---

بچے شور کر رہے تھے--- الفتح لنا--- الفتح لنا--- الفتح لنا---

بچے نئے کھلونوں کو پا کر جوش میں تھے--- الفتح لنا---

ریپبلکن گارڈس اس کے لوگ، مرد، عورتیں، بوڑھے، دھیرے دھیرے بچوں کی جانب بڑھنے کا حوصلہ کر رہے تھے___

بچے اپنی دھن میں، کھلونے لہراتے اب تیز تیز گانے لگے تھے--- الفتح لنا--- الفتح لنا---

دھوئیں کا غبار جیٹ رفتار سے لہراتا ہوا، کچھ دیر کے لئے سب کے چہرے کو گم کر گیا تھا مگر اس اندھیرے میں بھی بچوں کے گیت سنے جا سکتے تھے۔

///

گراؤنڈ زیرو۔ ا

یہ آخری میٹنگ تھی۔

طے ہو چکا تھا کہ اس کے بعد کوئی میٹنگ نہیں ہو گی۔ کمرے میں ہلکا اندھیرا تھا جو گفتگو ہو رہی تھی، وہ بے حد ڈراؤنی تھی۔ کبھی تو ایک دم سناٹا چھا جاتا کہ جیسے اب کمرے میں کوئی بھی نہیں ہے۔ سارے اُٹھ کر چلے گئے۔ پھر یکا یک شور ہنگامہ شروع ہو جاتا۔ ڈاکٹر چپ چپ سگار کے کش کھینچتا رہا۔ سگار سے اس کو کوئی دلچسپی نہیں تھی۔ یہ لیٹن امریکہ کا تحفہ تھا، جو ایک دوست نے بطور خاص اسے پیش کیا تھا۔ بس کبھی کبھار ____ یا ایسے موقع پر جب ڈاکٹر کو کوئی اہم مسئلہ سلجھانا ہوتا ہو۔۔۔

تو آپ کیا سوچ رہے ڈاکٹر؟

میں کچھ یقین کے ساتھ نہیں کہہ سکتا۔ ڈاکٹر آہستہ آہستہ کش کھینچتا رہا۔

نہیں۔ سوچ لیجئے۔ پانی سر سے اونچا ہو گیا ہے۔

سوچ رہا ہوں۔

صوفے پر بیٹھی ہوئی لڑکی اُٹھ کھڑی ہوئی تھی۔ وہ خاصے غصّے میں تھی۔ سوچنے کے لئے رکھا ہی کیا ہے۔ میری سمجھ میں نہیں آتا۔ فیصلہ لینے مَیں اتنی تاخیر کیوں ہو رہی ہے۔

ڈاکٹر کش کھینچتا رہا۔ اس کی آواز بے حد سرد تھی اور اس بے حد سرد، کپکپا دینے والے موسم میں کچھ اس کے دانتوں کا بھی اثر تھا، جو بج رہے تھے۔۔۔ بس، گھر کا معاملہ

ہے۔ ایک گھر سے دوسرے گھر منتقل ہوتے ہوئے دشواری آتی ہے۔

اور ایسی صورت میں جب گھر بدلنا ضروری ہو گیا ہو۔

اور گھر بدلے بغیر چارہ بھی نہیں ہو۔ لڑکی جوان تھی اور تندرست بھی۔ اس کی آنکھوں میں آکر کچھ تلاش کیا جا سکتا تھا، تو وہ بے شک نفرت اور زہر کی پوٹلی تھی۔

"آپ جانتے ہیں۔ میرے ساتھ کیا ہوا ہے۔ بے شک آپ جانتے ہیں کہ میرے ساتھ کیا ہو چکا ہے اور اس کے بعد بھی۔۔۔؟"

"گھر بدلنا آسان نہیں ہوتا۔ یہ دبلی پتلی عورت تھی۔ صوفے پر سمٹی ہوئی۔ آنکھوں میں جیسے آنسو خشک ہو گئے تھے۔ وہ آہستہ آہستہ بڑبڑا رہی تھی۔ آسان نہیں ہوتا۔۔۔؟"

نوجوان، جس کی عمر پچیس اور تیس کے درمیان ہو گی، کھڑکی کے پاس کھڑا تھا۔ وہ ایک دم سے غصّے میں پلٹا۔

آخر۔ کیوں مکان چھوڑیں ہم۔ اس مکان میں خرابی ہی کیا ہے۔

خرابی نہیں۔ زندگی۔ زندگی کے لئے، لڑکی زور سے چیخی۔

"ان کے مکان میں جانے کے بعد کیا سب دکھ ٹھیک ہو جائے گا۔ پھر ہم آرام سے جی پائیں گے؟ نوجوان کو یقین نہیں تھا۔"

شاید۔۔۔ شاید۔۔۔ اور کوئی راستہ بھی تو نہیں ہے۔

ڈاکٹر۔ تم نے کیا سوچا ہے۔ صوفے پر بیٹھا آدمی پچپن۔ ساٹھ کی لسٹ میں تھا۔ وہ بولنے پر نہیں، سننے پر یقین رکھتا تھا۔ یوں بھی، اس کے کان مفلر سے بند تھے۔ ہاتھوں میں دستانہ تھا اور اس نے لانگ فر، کا کوٹ پہن رکھا تھا۔

میں ابھی آیا۔

سگار بجھ چکا تھا۔ کمرے سے ملحق ایک چھوٹا سا لیب تھا۔ ڈاکٹر کی تجربہ گاہ۔ ڈاکٹر جب بہت پریشان ہوتا تو وہ اسی تجربہ گاہ کا سہارا لیا۔ وہ کمرے سے اُٹھ کر تجربہ گاہ میں ہو گیا۔ شیشے کے بنے چھوٹے چھوٹے گھروندوں، میں اس کی بے حد پیاری چیزیں بند تھیں۔ بے حد پیاری چیزی۔ تجربے سے جڑی چھوٹی سے چھوٹی چیز پر بھی اسے بے پناہ پیار آتا تھا۔ ممکن ہے، دوسروں کی نظر میں گھروندے میں رکھی ان چیزوں کی کوئی اہمیت نہ ہو، مگر ڈاکٹر کے لئے ان میں قیمتی زندگیاں قید تھی اور جیسا کہ وہ اپنے ڈاکٹر ساتھیوں سے اپنے پیشے کی تعریف میں کہتا تھا۔ 'خدا کے نمائندے اور بیشک سب کچھ انسانی جان کو بچانے کے لئے۔'

ڈاکٹر نے فخریہ طور پر لیب میں رکھی چیزوں کا جائزہ لیا۔ نیم کے پتے، کریلے کے چھوٹے چھوٹے ٹکڑے۔ ایک کین میں مرے ہوئے گرگٹ اور چوہوں کے ڈھیر پڑے تھے۔ شیشے کے تیسرے گھروندے میں کچھ الگ الگ مردہ سانپوں کی قسمیں تھی۔ افیم اور زہریلے پتوں کی کچھ نایاب قسمیں، جو ڈاکٹر نے گھر کے پچھواڑے اُگے جنگل سے برآمد کی تھیں اور انہیں دریافت کرنے کے بعد کیسا خوش ہوا تھا۔ اب ڈاکٹر نے آہستہ سے وہ شیشی اُٹھالی، جس پر اس نے سرخ روشنائی سے پوٹاشیم سائینئیڈ لکھا تھا۔ اتنا لکھ کر بھی تسلی نہیں ہوئی، تو اس کے نیچے اس نے بڑے بڑے حروف میں Poison لکھ دیا تھا۔ دراصل میڈیکل پڑھائی کے دنوں میں ہی اس کے دل میں یہ بات گھر کر گئی تھی کہ لوہے کو لوہا کاٹتا ہے۔ پھر زہر کو زہر کیوں نہیں۔ وہ زہر کو زہر کے تریاق کے طور پر استعمال کرنا چاہتا تھا۔ یعنی انسانی زندگی بچانے کے لئے ـــ تجربہ گاہ میں داخل ہوتے ہی وہ ڈاکٹر کم سائنسداں زیادہ بن جاتا۔ زہریلے پتوں اور جانوروں پر وہ پوٹاشیم سائینائیڈ کے عجیب عجیب ٹسٹ کرتا اور مطمئن ہو جاتا، کہ وہ جو کچھ کر رہا ہے، اچھی نیت اور انسانی کے لئے کر

رہا ہے۔ وہ پوٹاشیم سائینائیڈ اور اس کے ذائقے سے جڑی دلچسپ کہانیوں پر جی کھول کر ہنستا تھا۔ جیسے اس نے راکشس کے پنجرے میں قید طوطے کا راز جان لیا ہو۔ اس کا ذائقہ کھٹا تھا، یا میٹھا، ڈاکٹر ایسی بچکانی بحثوں سے بہت آگے نکل گیا تھا۔

تجربہ گاہ میں شیشے کے گھروندے اس کے سامنے کھلے ہوئے تھے۔ مگر۔ ڈاکٹر کا ذہن تو کہیں اور تھا۔ نیم کے ہرے ہرے پتے، پوٹاشیم سائینائیڈ کی ایک بوند۔ کھڑکی کی طرف منہ کر کے کھڑا ہوا نوجوان۔ چوہے کی چوں چوں کی آواز ٹھنڈا جسم۔۔۔ مردہ گرگٹ اور سانپ۔۔۔ ڈاکٹر کو پہلی میٹنگ یاد آگئی۔ میٹنگ، اس گھر کے لئے ضروری ہو گئی تھی۔

مجھے جاب سے نکال دیا گیا ہے، یہ نوجوان تھا۔

ڈاکٹر کے دوست کے جانے والے شخص نے لانگ اوور کوٹ سے ہاتھ باہر نکالا۔

زمین تنگ ہو گئی ہے۔

دبلی پتلی عورت صوفے پر، ایک ٹک چھت کو گھورتی ہوئی بولی۔ ہم کہیں نہیں جا سکتے۔ کہیں نہیں۔۔۔

اور یہ دوسری یا تیسری میٹنگ تھی، جب دوست نے سردی سے ٹھٹھرتی ایک شام کمرے میں داخل ہوتے ہی اعلان کیا تھا۔

وہ بھی گھر تبدیل کرنے کے بارے میں سوچ رہا ہے۔

لیکن۔۔۔ لیکن کیوں۔؟

مفلر میں چہرے کو چھپاتے ہوئے اس نے آہستہ سے کہا۔ دوسرے کئی دوستوں نے بھی یہی کیا ہے۔ وہ بہت آہستہ سے بولا۔ دنیا بدلتی ہے تو دیکھنے کا نظریہ بدل جاتا ہے اور جب سچ یہی ہے۔ بس یہی۔ اس نے زور دیا۔۔۔ جینے کا آخری ہتھیار۔۔۔

سردی اور ٹھٹھرن سے پیدا شدہ خاموشی پر، اس نے لگ بھگ چلاتے ہوئے اپنا مکالمہ پورا کیا۔ آخر آپ لوگ سمجھتے کیوں نہیں؟

پانچویں یا چھٹی میٹنگ میں دُبلی پتلی عورت نے بھی صاف صاف لفظوں میں اعلان کر دیا۔

اب وہ کوئی پارٹیوں میں نہیں جائے گی۔

کیوں؟

عورت نے آنکھیں جھکالیں۔ "مجھے آنے سے منع کر دیا گیا ہے۔"

'وہی تو۔ وہی تو۔۔۔' دوست زور زور سے ہنس رہا تھا۔ آج اس نے اوور کوٹ نہیں پہن رکھا تھا۔ جب اُسے احساس ہوا کہ اس کے قہقہے میں کوئی بھی شریک نہیں ہے اور سب کے سب اسے کئی برسوں کے بیمار مریض کی طرح گھور رہے ہیں، تو وہ یکایک سنبھل کر اپنی بات مکمل کرنے کی کوشش کرنے لگا۔ "یعنی آپ میری بات سمجھ تو رہے ہیں نا اور یقیناً میرے لئے یہی بہت ہے۔"

پوٹاشیم سائینائیڈ اور اس سے جڑی کہانیاں۔ ڈاکٹر کے دماغ میں میزائلیں چھوٹ رہی تھی۔ اسے میڈیکل کالج کا زمانہ یاد تھا۔ 'لیب' میں دوستوں کے ساتھ اس موضوع پر ہونے والی گفتگو یاد تھیں۔

مرنے سے پہلے، سالے ایک بار ایکسپریمنٹ ضرور کر لینا۔ انسانیت کے نام پر۔ دوستوں کے قہقہے چھوٹ گئے تھے۔

اور یہ ساتویں میٹنگ تھی۔ باہر کہرا گر رہا تھا۔ زمین سے آسمان تک دھند کی چادر پھیل گئی تھی۔ کمرے میں خاموشی تھی۔

لڑکی رو رہی تھی۔

عورت کا سر جھکا تھا۔ نوجوان کھڑکی کی طرف منہ دیئے اپنے ناخن چبا رہا تھا۔

دوست دھیرے دھیرے کچھ کہنے کی کوشش کر رہا تھا۔ مجھے۔ میری بات سمجھنے کی کوشش کیجئے۔

ڈاکٹر نے سگار جلا لیا۔

وہ مکان بدلنے کا پروانہ لے کر گھر گھر جا رہے ہیں۔ اب اس محلے کی باری ہے۔ آپ لوگ کیا سوچ رہے ہیں۔ ہمارے پاس دو ہی راستہ ہے۔۔۔ یا تو۔۔۔

دوست کے دانت بج رہے تھے۔۔۔

ٹھنڈک سے سگار بجھ گئی تھی۔ لیکن اس کے باوجود ڈاکٹر نے اپنے جسم میں تیز گرمی اُترتی ہوئی محسوس کی۔

اور یہ آخری میٹنگ تھی۔ کیونکہ اس کے بعد کسی میٹنگ کے ہونے کا امکان نہیں تھا۔ وہ لوگ مکان بدلنے کا فرمان لے کر دوسرے دن حاضر ہونے والے تھے۔ وہ بے حد شائستہ لوگ تھے۔ نرم مزاج۔ کم سخن۔ بے حد ملائم۔ روئی جیسے۔ وہ جرم نہیں کرتے تھے۔ زیادہ سوال نہیں پوچھتے تھے۔ بس، وہ خاموشی سے اپنا کام کر جاتے تھے۔

افیم اور جنگلی ہرے ہرے پتے۔ چوہے اور گرگٹ کے جسم کے کٹے ہوئے حصے۔ باہر کمرے میں شور بڑھ گیا تھا۔ ڈاکٹر نے پوٹاشیم سائینائیڈ کی شیشی تھام لی۔ اسے لڑکی کے زور زور سے چیخنے کی آواز سنائی دے رہی تھی۔ آپ جانتے ہیں انہوں نے ہمارے ساتھ کیا کیا ہے۔ ڈاکٹر نے ہاتھوں میں سرنج تھام لی۔ دوست زور زور سے کچھ کہہ رہا تھا۔ عورت رو رہی تھی۔ نوجوان تیز آواز میں کہہ رہا تھا۔ کیا جانتا ہوں، اب مجھے کہیں بھی ۔۔۔ لڑکی اور نوجوان کی آوازیں ایک دوسرے میں Mix ہو رہی تھیں۔ ڈاکٹر آہستہ آہستہ سرنج میں زہر بھر رہا تھا۔ اس کے چہرے پر پسینے کے قطرے جھلملا گئے تھے۔ اس

نے چمڑے کے دستانے اُتارے۔ جیب سے رومال نکالا۔ چہرہ صاف کیا۔ رومال جیب سے نکال کر سرینج کی طرف دیکھا۔ اسے کوٹ کی جیب کے حوالے کیا۔

اب وہ کمرے میں جانے کے لئے تیار تھا۔

ڈاکٹر جس وقت اپنے کمرے میں واپس آیا، لڑکی کا مکالمہ چل رہا تھا۔ "آپ لوگ آپ لوگ جانتے ہیں نا۔ میرے ساتھ کیا ہوا۔ ان کے الفاظ میں کہوں تو۔۔۔ مجھے شدھ کیا گیا۔ اس لئے کہ میں ابلوتر تھی۔ مجھے شدھ کرنا ضروری تھا مگر اس کے باوجود۔ اس کے باوجود میرے لئے وہاں کوئی جگہ نہیں تھی۔"

وہ آنے والے ہیں۔ نوجوان کھڑکی کے پار دیکھ رہا تھا۔

سنئے غور سے سنئے۔ مکان بدلنے کے لئے ہم کوئی جرح نہیں کریں گے۔ یہ دوست تھا۔ دبلی پتلی عورت کی خشک آنکھوں میں آنسوؤں کے تیز تیز قطرے اُٹھ آئے تھے۔ اب وہ رو رہی تھی۔

تمہیں کچھ کہنا ہے ڈاکٹر۔۔۔؟ دوست نے آخری بار ڈاکٹر کی آنکھوں میں جھانکا۔

ہاں۔

کسی حتمی فیصلے تک پہنچتے ہوئے ڈاکٹر اپنی جگہ سے اُٹھ کر کھڑا ہو گیا تھا۔ وہ ایک دم شانت تھا۔ کوٹ کی جیب سے۔

*

پہلی بار اس نے غور سے ایک ایک کر کے کمرے میں بیٹھے ہوئے لوگوں کا جائزہ لیا۔ سامنے والی دبلی پتلی عورت اس کی بیگم تھی۔ ایک الٹرا ماڈ عورت۔ کئی پارٹیوں کی شوقین۔ یعنی عائشہ زین العابدین۔ نوجوان، اس کا بیٹا تھا۔ کمپیوٹر انجینئر۔ اپنے کام کا ماہر صرف اور صرف کام پر یقین رکھنے والا۔ بے حد خوبصورت دکھنے والی لڑکی اس کی پیاری پیاری بٹیا

تھی۔ لڑکی کا نام شائستہ تھا اور لڑکے کا آفاق۔ چلتے چلتے دوست کا نام بھی بتا دیتے ہیں۔ دوست کا نام میر خاں تھا۔ ڈاکٹر کے گاہکوں کا آنا ایک دم سے بند ہو گیا تھا۔ مجبور دوست کو دکان بند کرنی پڑی۔

قارئین! یہ بتانے کی ضرورت نہیں ہے کہ یہ واقعہ، گودھرا حادثے کے دو تین برس بعد پیش آیا تھا۔ یعنی تب کی بات ہے، جب بھارت، ہندو راشٹر یہ ہونے کی تیاریاں کر رہا تھا۔ تشدد کے بادل چھٹ گئے تھے۔ وہ بے حد معصوم اور پیاری پیاری باتیں کرنے والے لوگ تھے۔ وہ جبر نہیں کرتے تھے۔ وہ صرف دوسروں کو اپنے رنگ میں رنگا دیکھنا چاہتے تھے۔ اہنسا کے راستے پر چلتے ہوئے ان کا بس ایک ہی منتر تھا۔ اپنا دھرم چھوڑ کر میرے دھرم میں آجاؤ اور اس کے بعد قارئین وہ اتنا مان سمان دیتے تھے۔۔۔ اتنا مان سمان دیتے تھے کہ۔۔۔

*

ڈاکٹر اپنی جگہ سے اٹھ کھڑا ہوا۔ وہ ایک دم سے شانت تھا۔ کوٹ کی جیب سے سرنج نکالتے ہوئے اس کے ہاتھ کانپ نہیں رہے تھے۔ وہ پوری طرح اپنی کارروائی سے مطمئن تھا۔ اس نے دوست کی طرف دیکھا۔ پھر باری باری سے اپنے بچوں اور بیوی کی طرف۔

تو وہ آرہے ہیں اور کوئی راستہ بھی نہیں ہے۔ ڈاکٹر ٹھہر ٹھہر کر بول رہا تھا مگر راستہ ہر بار پیدا ہو جاتا ہے۔ اندھیری سے اندھیری سرنگ سے بھی ایک راستہ موہوم سی روشنی کی طرف جاتا ہے لیکن راستہ سچ مچ نہیں ہے اور جب دو بھیانک راستوں میں سے ایک راستے کا انتخاب کرنا ہو تو۔۔۔

ڈاکٹر نے بچوں کو غور سے دیکھا۔۔۔ ہم ڈاکٹر بھی کبھی کبھار ہار جاتے ہیں۔ کوئی کوئی مرض ایسا ہوتا ہے کہ مریض اپنی موت کی دعائیں مانگتا ہے مگر موت نہیں آتی۔ وہ

گھٹتا رہتا ہے۔ مگر۔۔۔ ڈاکٹر نے سرنج پر اپنے ہاتھوں کی گرفت سخت کی۔ کبھی کبھی ایسی کسی صورتحال کے لئے ہمارے میڈیکل سائنس میں ایک ٹرم عام طور پر استعمال کیا جاتا ہے۔

ڈاکٹر ایک لمحے کے لئے۔ پھر اس نے دھیرے سے کہا۔ مرسی کلنگ یا مرسی ڈیتھ۔ اس کی دھیمی آواز باہر سے آتی تیز ٹھنڈ میں دب کر رہ گئی تھی۔

اور آخر میں۔ لڑکے یعنی آفاق زین العابدین کا بیان:

کہانی ختم ہو گئی۔ لیکن پیارے قارئین، ابھی ہمیں ایک بیان ملا ہے۔ یہ بیان کسی کورٹ کچہری میں دیا گیا بیان نہیں ہے بلکہ یہ بیان ہمیں اسی گھر کی ایک بک کے ذریعے ملا ہے۔ یہ ایک چھوٹے سے کاغذ کا ٹکڑا ہے۔ جس میں مختصراً بس اتنا تحریر ہے۔

"اس بد قسمت رات۔ اللہ ایسا دن کسی کو بھی نہ دکھائے۔ میں نے آگے بڑھ کر سرنج توڑ ڈالی۔ ابا لیبارٹری کے، انہی بدبو دیتے، مردہ کیڑے مکوڑے اور زہریلے پتوں کے درمیان رہ گئے۔ ہم بچپن سے ورثے میں ملا نام یا گھر بدلنے پر راضی نہیں تھے۔ ابا کی طرح کمزور بھی نہیں۔ ہم کہاں جا رہے ہیں، ہمیں خود نہیں پتہ۔ ہاں، ہمیں تلاش کرنا ہو تو یہ ضرور دیکھ لینا کہ وہاں بارودی سرنگ کے پھٹنے کا دھماکہ سنائی دے رہا ہے، یا نہیں۔ ہم اتنا جان گئے ہیں، کہ اگر ہمیں جینا ہے تو ہمیں جینے سے کوئی روک نہیں سکتا۔

تحریر کے نیچے ہندی میں کیا گیا ایک دستخط تھا، جس پر صاف صاف آفاق زین العابدین کا نام پڑھا جا سکتا تھا۔

***

انعمتہ اور بیکری

(اپنی بیٹی انعمتہ کے نام، جسے اللہ تعالیٰ نے دیئے، صرف دو سال اور تین مہینے)

سب کچھ ٹھیک تھا اماں / تیرے کھائے اچار کھٹاس / تیری چکھی ہوئی مٹّی اکثر پہنچتے تھے میرے پاس / میں بہت خوش تھی اماں / مجھے لینی تھی، جلدی ہی اپنے حصّے کی سانس / مجھے لگنی تھی اپنے حصّے کی بھوک / مجھے دیکھنی تھی اپنے حصّے کی دھوپ / ابوّ کی ہتھیلی کا سایہ تیرے پیٹ پر دیکھا تھا میں نے / مجھے اپنے حصّے کے ابوّ دیکھنے تھے۔۔۔ پھر جانے کیا ہوا / میں تیری کوکھ کے ملائم گنگنے اندھیرے سے نکل کر / کھلتی دھوپ پھر تیز آگ میں پہنچ گئی۔۔۔

___ انشو مالویہ کی ایک نظم سے

چاروں طرف گہرا سنّاٹا ہے اور اس سنّاٹے میں اپنی آواز تک سنائی نہیں دیتی۔ جسم بے حس ہے اور روح کے اندر جیسے کسی نے چپکے سے خنجر اُتار دیا ہو۔ مگر ___ کوئی چیخ نہیں ___ سنّاٹا اور گہرے سنّاٹے میں دو آنکھیں میرے سامنے معلق ہو گئی ہیں ___ میں کچھ بھی نہیں بھولا۔۔۔ مجھے ایک ایک کر کے ساری باتیں یاد آ رہی ہیں ___

"وہ آ رہی ہے۔۔۔"

پہلی بار اِس آواز کی 'گونج' کے ساتھ ہی میں نے اپنا غصّہ ظاہر کر دیا تھا۔

"نہیں، اُسے روک دو۔ یہ کوئی آنے کا موسم نہیں ہے۔ تم نے باہر نہیں دیکھا!"

"باہر۔۔۔؟"

"باہر جنگل جل رہے ہیں۔ صُبحیں جل رہی ہیں۔ راتیں جل رہی ہیں۔ دھوپ میں حدّت ہے اور۔۔۔"

" تبسم نے پہلی بار میری آنکھوں میں جھانکا ___ ڈراؤ مت، صبحیں پہلے بھی جلی تھیں۔ راتیں بھی۔ پھر سب ٹھیک ہو گیا۔"

اِس بار ٹھیک نہیں ہو گا۔ تم نے سنا نہیں۔ رات میں کیسی کیسی ڈراؤنی آوازیں گونجتی ہیں، جیسے ___ سنّاٹے اور دھوپ اندھیرے کا فائدہ اُٹھا کر ہزاروں بدروح لڑکوں پر اکٹھے سوار ہو گئی ہوں۔۔۔"

"ڈراؤ مت ___ "ہاں سنو، تبسم نے مسکرانے کی کوشش کی ___ "وہ آ رہی ہے۔

"

"اس لئے وہ بولنا بھول گئی تھی۔۔۔"

چلنا بھول گئی تھی۔۔۔

بڑھنا بھول گئی تھی۔۔۔

جبکہ عمر کے گھوڑوں نے آہستہ آہستہ اُڑنا سیکھ لیا تھا۔۔۔

ڈاکٹر کہتے ہیں۔۔۔ " تبسم کے چہرے پر خوف ہی خوف تھا۔"

وہ بستر پر لیٹی تھی۔ میں انعمتہ میں گم تھا ___ "یہ آنکھیں میری ہیں۔۔۔ یہ ہونٹ ۔۔۔ یہ چھوٹے چھوٹے پاؤں۔۔۔ یہ ہاتھ۔۔۔"

ڈاکٹر کہتے ہیں۔۔۔ " تبسم بولتے بولتے رُک گئی۔۔۔" "وہ ٹھہر گئی ہے۔ اُس کی سانسیں ٹھہر گئی ہیں۔ اُس کے ہاتھ۔۔۔ اُس کے پاؤں۔۔۔ وقت ٹھہر گیا ہے۔۔۔ عمر ٹھہر گئی ہے۔۔۔"

میں نے انعمتہ کو دونوں ہاتھوں میں بھر لیا ہے ___ "نہیں یہ ایسی ہی ہے بس، مجھے

یہ ایسے ہی قبول ہے۔۔۔ بس ایسے ہی۔۔۔"

دو بڑی بڑی آنکھیں میری آنکھوں میں جھانک رہی ہیں۔ "پاپا، میں نہ بڑھوں تو ۔۔۔؟ میں نہ اُڑوں تو۔۔۔"

"نہیں ۔۔۔ سب ٹھیک ہے ۔۔۔" میں تبسم کی طرف مڑتا ہوں ___ آہ، سب ٹھیک ۔۔۔ جوتے کا فیتہ باندھنے اور ٹائی کی ناٹ باندھنے تک ۔۔۔ لوگ مر رہے ہیں۔ آہ، سب ٹھیک ___ گلاس میں اسکاچ اُنڈیلنے اور آئینہ میں چہرہ دیکھنے تک ۔۔۔ لوگ مر رہے ہیں ۔۔۔ آہ، سب ٹھیک ۔۔۔"

"دیکھو ۔۔۔ وہ تمہاری طرف دیکھ رہی ہے ۔۔۔ ہنس رہی ہے ۔۔۔"

"ہاں، وہ ہنس سکتی ہے، اس لئے کہ اُس نے سب کچھ دیکھا ہے۔ جانا ہے۔ وہ ہنس سکتی ہے ۔۔۔ وہ ہم سب پر ۔۔۔ یعنی جو کچھ ہو رہا ہے ۔۔۔ نہیں ___ شاید میں غلط کہہ رہا ہوں ۔۔۔ وہ جو کچھ دیکھ رہی ہے ۔۔۔ وہ ایسی بہت ساری باتوں پر ہنس سکتی ہے ۔۔۔"

"دیکھو ۔۔۔ وہ تم سے باتیں کر رہی ہے ۔۔۔!"

پتلے پتلے نازک ہونٹ کھلے تھے ۔۔۔ آنکھوں میں جمی برف پگھلی تھی ___ برف پگھلنے سے ایک نظر نہ آنے والی کھڑکی سے خوشبو کا قافلہ نکلا تھا۔ قافلے میں فرشتے ہی فرشتے تھے، جو انعمتہ کو گھیرے کھڑے ہو گئے تھے ۔۔۔

"آہ ۔۔۔ خوشبو ۔۔۔ تم محسوس کر رہے ہو؟" تبسم چونک گئی ہے۔

"ہاں ۔۔۔"

"دیکھو تو سہی ۔۔۔ انعمتہ پھر ہنس رہی ہے ۔۔۔"

"انعمتہ، ہنس سکتی ہے ۔۔۔ کیونکہ فرشتے آ گئے ہیں۔"

"فرشتے!" تبسم زور سے چونکی۔ انعمتہ کو دیر تک گھورتی رہی۔ پھر بولی ۔۔۔ آہ، کھانا

---میری بٹیا کھانا کب سے شروع کرے گی، دودھ پر آخر کب تک رہے گی۔

"اب بہانہ مت بناؤ پاپا۔ تم میرے آنے سے خوش نہیں ہو۔ "

"خوش تو بہت ہوں بٹیا مگر---"

"بیکری"--- بٹیاں ہنس رہی تھی ___ چلو برتھ ڈے نہیں مناؤں گی۔ ٹھیک۔ تمہیں میرے لئے بیکری سے کیک نہیں منگوانا پڑے گا--- ٹھیک---

"ہاں۔ میں بھی یہی سوچ رہا تھا۔ کیونکہ کیک اور بریڈ کے نام پر---"

"چھی--- چھی--- پاپا--- کھانے کے بارے میں ایسا نہیں بولتے ___ مگر جانتے ہو، آنے سے پہلے میں نے یہ منظر دیکھ لیا تھا۔ میں نہیں جانتی، انصاف کی عمارتوں میں کیا ہوتا ہے۔ مگر میں روئی تھی پاپا۔ ایک لمحہ کو دل، یہاں--- تمہاری اِس دنیا میں آنے کے لئے بدل بھی گیا تھا--- سوچتی تھی--- یہاں ایسا ہی ہوتا ہے--- میں تو گھبرا گئی تھی پاپا--- ایک میری دوست بھی تھی--- بس وہ آنے والی تھی--- آنے والی تھی --- آنے والی---"

چلتے چلتے جیسے ٹیپ پھنس گیا تھا۔

"کیا ہوا؟"

"کچھ نہیں۔" وہ زور سے چلاّئی۔ آنکھوں سے رِم جھم آنسو کی برسات ہورہی تھی۔ وہ کوثر آنٹی کی بٹیا تھی ___ نرمدا پٹیا میں ___ وہ مجھ سے ڈھیر ساری باتیں کرتی تھیں۔ کبھی کبھی فرشتے ہمیں گھنٹوں باتیں کرتے دیکھ کر ڈانٹ بھی دیتے تھے--- چپ رہو۔ دنیا کے طور طریقے ابھی سے مت سیکھو۔ آنسو اُس کے گال پر بہہ آئے تھے---

"وہ کوثر انٹی کی بٹیا تھی--- میرے ساتھ ہی آنے والی تھی، مگر وہ ___ غصّے میں تھی۔ تم نے رُلا دیا---"

"چل اب نہیں رُلاؤں گا۔۔۔"

وہ پھر جیسے یادوں کے غبار میں کھو گئی تھی۔ "کوثر انٹی کی بٹیا۔۔۔ کتنی پیاری سی تھی۔ مجھ سے بھی زیادہ پیاری۔ مجھ سے باتیں کرتی تھیں۔ اماں کے کھائے اچار کی باتیں۔ کوکھ میں چھن کر آنے والی، سورج کی کرنوں کی باتیں۔ اپنے حصّے کی سانس اور اپنے حصّے کی دھوپ کی باتیں ___ اپنے ابوّ کی ہتھیلی کا 'سایہ' اُس نے امّی کے پیٹ پر دیکھا تھا۔ اُس کو اپنے حصّے کا پورا پورا دیکھنا تھا۔۔۔ وہ مچھلی کی طرح تیرتی تھی۔ لیکن ایک دن۔۔۔"

انعمتہ کے چہرے پر لرزہ تھا۔ "سب کچھ میرے سامنے ہوا پاپا۔۔۔ میرے دیکھتے ہی دیکھتے وہ اچانک گنگنے ملائم اندھیرے سے نکل کر تیز دھوپ میں پہنچ گئی۔۔۔"

وہ ناپید رہ گئی۔ میرے سامنے ہی سب کچھ۔۔۔ میرے سامنے ہی ہوا۔۔۔ پاپا۔۔۔ "وہ کانچ تھی۔۔۔ آگ کی آنچ میں پگھل پگھل گئی۔"

انعمتہ رو رہی تھی ___

"نہیں، روؤ مت۔"

میں انعمتہ پر جھک گیا ہوں۔ وہ مسکرائی ہے۔ میں نے ایسی عجیب وغریب مسکراہٹ آج تک حسن سے چہرے پر بھی، سجی ہوئی نہیں دیکھی۔ وہ اِس دنیا کی مسکراہٹ نہیں تھی۔ اُس کی مسکراہٹ کا ہر لفظ سنا جاسکتا تھا۔

"سنو پپّا۔۔۔ میں آئی۔۔۔ میں نے دیکھا، مگر میں فاتح نہیں ہو سکی۔ میں فتح حاصل کرنے آئی بھی نہیں تھی۔ بس، اپنے حصّے کے پاپا۔۔۔ اپنے حصّے کی تمام چیزیں۔۔۔ میں نے بس دو سالوں میں ہی سمیٹ لی۔ اب میرا یہاں کیا کام پاپا۔۔۔ آج رات تیز بارش ہو گی اور کل صبح میں واپس 'اللہ گاؤں' چلی جاؤں گی ___ مگر۔۔۔ رونا مت۔ یاد کی کوئی بارش میرے نام کر لینا۔۔۔ بارش کی کسی ایک بوند پر میرا نام لکھ لینا اور۔۔۔"

میں جیسے کسی درد کے سمندر میں بہہ رہا ہوں۔

ایک کوکھ میں چھٹک گئی

دوسری، بارہ آکر چٹک گئی

تیسرا میں ہوں، جو ہزاروں طرح کا خوف، دہشت کے ساتھ اُس گجراتی ماحول کے 'باتناشور' میں بھٹک رہا ہوں۔ لیکن میرا ایک سچ اور بھی ہے۔ اُس دن سے روٹی کھائی نہیں جاتی۔ بیکری کسی بُرے خواب کی مانند لگتی ہے۔۔۔!

***

فدائین کی ماں

بیٹا لڑائی جھگڑا کر کے گیا تھا۔۔۔

اسی لئے ماں بیٹے کے لئے فکر مند تھی، ورنہ اور کوئی بات نہیں تھی۔ وقت بھی کیسے پلین کی طرح اُڑ جاتا ہے۔ ماں کو کبھی کبھی بچے پر پیار بھی آتا تھا۔ مگر وہ بہت زیادہ بچے کے بارے میں نہیں سوچتی تھی اور سچ پوچھئے تو اب سوچنے کے لئے رکھا بھی کیا تھا۔ بیٹا جاتے جاتے پانچ ہزار کے نوٹوں کی ایک چھوٹی سی گڈی اس کے ہاتھ پر رکھ گیا تھا۔

"رکھ لے۔"

"کیوں؟"

"بس رکھ لے___"

"لیکن کیوں رکھ لوں؟"

"ماں ہے، نا___!" بچے کے چہرے پر سنجیدگی تھی۔

ماں نے غور کیا۔ دو ایک برس میں بچے کی شوخی 'کافور' کی طرح اُڑ گئی تھی۔ بچے کے اندر، بچے کا باپ اتر آیا تھا۔

"تمہارے لئے بہت کچھ کرنا چاہتا ہوں۔"

"اچھی بات ہے۔ یہ پیسہ رکھ لے۔"

"لیکن کیوں۔۔۔ کیا کروں گی؟"

"کچھ بھی۔ اپنے لئے کپڑے لے آنا۔" بیٹا کہتے کہتے ٹھہرا۔ گھر کی دیوار اور چھت

کو غور سے دیکھا۔

"اب کی برسات میں دیوار گر سکتی ہے۔ چھت بھی چو رہی ہے۔ پانچ ہزار کافی ہوں گے۔"

"لیکن میں نہیں رکھوں گی۔"

"کیوں؟"

"بڑی رقم ہے۔" ماں بچے کو پرکھ رہی تھی۔ "کہاں سے لایا؟"

"کام ملا ہے۔ بتایا تھا نا۔" "لیکن اتنی بڑی رقم ۔۔۔؟"

"چوری نہیں کی ہے۔"

"جانتی ہوں۔"

"جانتی ہے تو رکھتی کیوں نہیں۔"

ماں سلائی مشین پر بیٹھ کر پیر چلانے لگی۔ ہنسی مذاق کرنے کی خواہش ہوئی۔ "سن! جان گر سلامت ہے۔ اتنا پیسہ اپنی بیوی کو دینا۔ مجھ کو مت دے۔"

بیٹا روانی میں بول گیا ۔۔۔ "بیوی نہیں آئے گی میری۔ رکھنا ہے تو رکھ لے۔ نہیں تو خیرات کر دینا۔" اس کے بعد بیٹا ٹھہرا نہیں، دروازے سے تیزی سے نکل گیا۔

ماں کی آنکھوں نے بہت دور تک بچے کا پیچھا کیا۔ چہرہ سیاہی مائل، باپ کی طرح نکلتا ہوا قد، تقریباً چھ فٹ، اجلی قمیص، کرتا، سر پر ٹوپی۔ ماں نے انگلیوں پر حساب لگایا ۔۔۔ ہاں رے، پورے اکیس کا ہو گیا۔ رمضان میں تو بائیسواں چڑھ جائے گا۔ ماں کو غصّہ تھا۔ کتنی بار سمجھایا۔ شادی کر کے کیا کروں گا۔ کہاں رکھوں گا؟ ابا تم کو رکھ پائے کیا؟ یہ تمہاری عمر تھی، مشین چلانے کی ۔۔۔"

"سب قسمت کی بات۔" خوشی سے کون مشین چلاتا ہے لیکن پیٹ کی دوزخ نے

کب کس کو بخشتا ہے۔ اللہ جنت نصیب کرے۔ عمرو میاں جب تک زندہ رہے، کوئی کمی نہیں رہنے دی۔ مزدور آدمی تھے گھر بلڈنگ بنوار ہے ہیں۔ خوف کا نام ونشان نہیں۔ لمبے تگڑے۔ تب پرانی چھتہ حویلی ٹوٹ رہی تھی۔ سنا تھا، ہوٹل بن رہا ہے۔ خستہ عمارت۔ عمرو میاں صبح سات بجے ہی نکل جاتے۔ کنٹریکٹر اسی ٹیم بلواتا تھا۔ رمضان کا ستائیسواں روزہ تھا۔ بھوکے پیاسے عمرو میاں۔ وقت ہوگا، کوئی چار کے آس پاس کا۔ وہ عمرو میاں کے لئے افطار تیار کرنے میں لگی تھی۔ تبھی ان کے ساتھی بھاگے ہوئے آئے۔

"بھابھی! غضب ہو گیا" چھن ۔۔۔ جیسے گرم گرم تیل میں پھلکیاں تلی جا رہی ہوں۔

"ہائے اللہ۔" کیسی بے پردگی۔ عمرو میاں کے دوست سامنے کھڑے تھے۔

"چھتہ حویلی کی دیوار گر گئی، عمرو میاں پر تکفین کے لئے ہم لوگ گھر لا رہے ہیں۔

ماں نے آنسو پونچھے۔ الطاف بار بار باپ کے جنازے کو چھوتا تھا۔ چہرے سے کپڑا ہٹاتا تھا۔ 'ابا جا گو کھانا کھالو' لوگ رو رہے تھے۔ ماں بے ہوش پڑی تھی۔ شام، مغرب بعد لالٹین جل گئی۔ پہلی بار اس نے بیٹے کو کافی قریب سے زوروں سے لپٹایا تھا۔ 'بے سدھ ہو گئی' بیٹے کا جسم کڑا تھا۔ عمر تھی دس سال۔ ماں نے آنسو پونچھے۔ چلو بیٹا تو ہے۔ عمر کی فاختہ کے اڑنے میں وقت ہی کتنا لگتا ہے۔ دیکھتے ہی دیکھتے دس سال گزر گئے۔ الطاف اور گھر کا خرچ پورا کرنے کے لئے گھر میں، پیر سے چلنے والی سلائی مشین بھی آگئی اور پھر ادھر ادھر سے محلے والوں کے کپڑے بھی آنے لگے۔ پرب تہوار کے کپڑے۔ ماں عمرو میاں کی بیوہ تھیں اور الطاف ۔۔۔ ایک نمبر کا کھلنڈرا۔ ماں کو الطاف سے کوئی امید نہیں تھی۔

مگر ایک دم، اچانک۔ پچھلے دو برسوں سے۔ ماں کو احساس ہوا تھا۔ الطاف میں ایک سنجیدہ چہرے والا آدمی آگیا تھا۔

پانچ ہزار کی گڈی اس نے پرانے صندوق میں رکھے کپڑوں کے درمیان چھپا دی۔

یہ تیسرے دن کا واقعہ ہے۔

دو دن، دو رات ماں، بیٹے کا انتظار کرتی رہی۔ بیٹا نہیں آیا۔ بیٹا بڑا ہونے کے نام پر ایسا پہلے بھی کیا کرتا تھا۔ ماں کے لئے انتظار معنی نہیں رکھتا تھا۔

قریب ہی جھبرو میاں درزی والے کا گھر ہے۔ جھبرو، عمرو میاں کے دوست تھے لیکن، کیسی دوستی، جھبرو میاں کی تو تین منزلہ عمارت ہے۔ دو لڑکے، تین لڑکیاں۔ بڑا درزی ہے۔ خوب چلتی ہے۔ کہاں عمرو میاں۔ جب تب بچے آجاتے ہیں۔ چلو نا اماں۔

"کیا ہے، رے۔۔۔" "ٹی وی دیکھنے۔" ماں کو ٹی وی دیکھنا اچھا لگتا تھا۔ ٹی وی جھبرو میاں کے ڈرائنگ روم میں تھا۔ سب ٹی وی کے قریب بیٹھ جاتے۔ دونوں لڑکے، تینوں لڑکیاں بھی۔ ہنگامے ہوتے۔ تالیاں پیٹی جاتیں۔ کمینٹس چلتے رہتے اور۔۔۔ ماں نہال ہو جاتی۔

اسی دن۔۔۔ دوپہر، کوئی دو بجا ہو گا۔ چھوٹی بیٹی عطیہ بھاگ کر آئی۔۔۔ "چلو نا، اماں۔"

"کیا ہے۔" "ٹی وی دیکھنے۔"

"کوئی پروگرام آرہا ہے کیا؟"

عطیہ نے پوچھا۔۔۔ "الطاف بھیا کہاں ہیں؟"

"تین دن سے گھر نہیں آیا۔"

"چلو اماں۔" "چلو" دروازہ بند کرتی ہوں۔"

ماں نے دروازہ اڑکایا، عطیہ کے ساتھ تیز تیز چلتی ہوئی جھبرو میاں کے ڈرائنگ روم میں پہنچ گئی۔ سلام کلام کے بعد، صوفے پر جھبرو میاں کی بیوی کے پاس ہی بیٹھ گئی مگر یہ

کیا۔۔۔ ٹی وی پر پولس کے سپاہی۔ دنادن گولیاں چل رہی ہیں۔۔۔ "یہ کیا ہو رہا ہے؟"

"مندر پر آتنک وادیوں نے حملہ کیا ہے، یہ جھبر و میاں کا چھوٹا والا بیٹا تھا۔۔۔

"اماں! یہ سب بھی دیکھا کرو۔"

"آتنک وادی نہیں رے۔" بڑے والے نے شان سے کہا۔۔۔ "گجرات قتل عام کا جواب ہے۔ فدائن حملہ۔۔۔"

"فدا۔۔۔ فدائین۔۔۔" اماں کانپ گئیں۔۔۔

ٹی وی اسکرین پر پولس کے سپاہی بڑے بڑے بم گولے لے جاتے ہوئے دکھائی دے رہے تھے۔

"باپ رے باپ۔ یہ کیا کریں گے۔۔۔" کچھ نہیں اماں۔ یہ سب فدائین کو گھیرنے کی تیاری ہے۔۔۔

"فدا۔۔۔ فدائین۔۔۔" اماں کانپ گئیں۔۔۔ "یہ فدائین کون ہیں؟ جھبر و میاں نے قہقہہ لگایا۔۔۔ "ارے!" جو مذہب پر فدا ہے وہ فدائین۔ جو اللہ میاں پر، اسلام پر فدا ہے۔ دیکھو تو، کافروں کے سینے پر کیسے سانپ لوٹ گیا۔"

ان کی اہلیہ زور سے ہنسی۔۔۔

"فدا۔۔۔ فدائین۔"ماں ڈر رہی تھی۔

بچوں نے ہنگامہ کیا۔۔۔ "بولو مت اماں۔ ٹی وی دیکھو۔ دیکھو، کیا خبریں آرہی ہیں۔"

ٹی وی سے خبریں چیخ رہی تھیں۔۔۔ "صبح، ۷ بجے مندر میں ہونے والی 'آرتی' کے سمے اچانک کچھ آتنک وادی گھس گئے۔ اندھا دھند گولیاں چلنے لگیں۔ آتنک وادیوں نے ۵۰ لوگوں کو گولیوں سے بھون ڈالا۔ لگ بھگ ۱۰۰ لوگ اب بھی گھائل ہیں۔ مارے

گئے لوگوں میں مہیلائیں اور بچے بھی ہیں۔ آتنک وادی اب بھی مندر میں گھسے ہوئے ہیں۔ "سرکچھابلوں" نے آتنک وادیوں کو باہر نکالنے کے لئے چاروں اور سے مندر پریسر کو گھیر لیا ہے۔ دلّی سے پہنچے کمانڈوز نے سارے 'مندر پریسر' کو اپنے قبضے میں لے لیا ہے۔ "

"کیا کر لیں گے ۔۔۔" "بڑا چینخا۔۔۔" "گجرات میں مار کے دیکھ لیا نا۔۔۔" "ارے چپ۔۔۔" جھبرو میاں نے ڈانٹا۔

جھبرو میاں کی بیوی بولیں ۔۔۔ لیکن گجرات میں ان لوگوں نے اچھا نہیں کیا۔ مسلمانوں کی جان نہیں ہوتی کیا؟"

"تو کیا، ہندوؤں کی نہیں ہوتی۔" جھبرو میاں صفائی دیتے ہوئے پلٹے۔۔۔ "ارے یہ الطاف کہاں ہے ؟"

"پتہ نہیں!" "پتہ نہیں ؟" "تین دن سے غائب ہے۔"

ٹی وی اسکرین پر دنادن گولیاں چل رہی تھیں۔ اچانک مندر 'پریسر' سے بھاگتے آتنک وادی پر کیمرہ چارج ہوا۔ نیوز ریڈر کی آواز سنائی دے رہی تھی۔ "آتنک وادی مین گیٹ سے گھسے تھے۔ دونوں آتنک وادیوں کی عمر ۲۰ سے ۲۵ برس کے درمیان ہے۔"

جھبرو میاں فیملی کی سانسیں آدھی نیچے، آدھی اوپر۔ یہ کسی فلم سے بھی زیادہ رونگٹے کھڑے کرنے والا منظر تھا۔ گولیوں کے بیچ ایک آتنک وادی گرا تھا۔ وہ وہیں ڈھیر ہو گیا تھا۔ خبر میں بتایا جا رہا تھا۔۔۔ ایک آتنک وادی ڈھیر ہو چکا ہے۔ آپ اُس کی لاش دیکھ رہے ہیں۔ دوسرے آتنک وادی کو سرکچھابل کے لوگ تلاش کر رہے ہیں۔ مندر پریسر میں پھنسے لوگوں کو سرکچھا دستے نے اپنے قابو میں کیا ہوا ہے۔ یہ آتنک وادیوں کے لئے "وِدڈرال موڈ" ہے۔ یعنی اب وہ باہر آنے یا مارے جانے کے انتظار میں ہیں۔ "یہ

سب کیا ہو رہا ہے۔۔۔"ماں کی آواز لڑکھڑا رہی تھی۔"وہ کون گر گیا ہے۔۔۔؟"

"فدائین۔ دیکھو میں سمجھا تا ہوں۔"بڑا ماں کے پاس آ گیا۔۔۔ فدائین بننا بڑے دل گردے کا کام ہے۔ یہ جانتے ہیں۔ مرنا ہے، تو مرنا ہے، لیکن مرنا مذہب کے لئے جہاد کے لئے۔ آپ بس، اسلام کو بدنام کئے چلے جا رہے ہو۔ گجرات میں کیا ہوا اماں۔ سیاست تھی، نا، بس، جھوٹی سیاست کے لئے قتل کرایا گیا ہزاروں مسلمانوں کا۔۔۔ میں تو کہتا ہوں ۔۔۔'اس درمیان چھوٹا والا اُٹھ کر باہر گیا۔ دوسرے ہی لمحہ دوڑ کر اندر آ گیا۔ اس کے چہرے پر ہوائی اُڑ رہی تھی۔

"پتہ نہیں کیا بات ہے۔ محلے میں پولس کی گاڑیاں راؤنڈ کر رہی ہیں۔ فوجی گاڑیاں ہیں۔"

جھبرو میاں بولے ۔۔۔ "آخر مندر پر حملہ ہوا ہے۔ میں نے سنتے ہی دکان پر تالا لگوا دیا۔ بھائی زمانہ اچھا نہیں۔"

بیچ میں چائے کی پیالیاں بھی چلیں۔ تبصرے ہوتے رہے۔ لیکن ماں کی آنکھیں اسکرین کی 'لاش' پر مرکوز تھیں۔ ایسے بھی کوئی مرتا ہے کیا۔ پتہ نہیں کس کا بیٹا ہے؟

این ایس جی کمانڈوز نے دونوں آتنک وادیوں کو مار گرایا تھا۔ اسکرین پر 'آپریشن وجے' کی جھلکیاں دکھائی جا رہی تھیں۔ اینکر بتا رہا تھا۔۔۔ ابھی تک کسی گروپ نے مندر پریسر پر فدائین حملے کی ذمے داری نہیں قبول کی ہے۔ آتنک وادیوں کے پاس سے اردو میں لکھا گیا ایک پرزہ برآمد ہوا ہے۔۔۔"

"میں جا رہا ہوں۔ کھانا بنانا ہے۔" "تم نے کھانا کھایا اماں؟" یہ 'بڑا' تھا۔

جھبرو میاں بولے ۔۔۔ 'بیگم عمرو بھائی کی بیوہ کے لئے کھانا لگا دو'۔ 'نا جی۔ جی اچھا نہیں ہے۔'

"یہ سب دیکھ کے جی کس کا اچھا ہو گا اماں، لیکن اب تم کھا کر جاؤ گی"۔ یہ عطیہ تھی

ٹی وی چلتا چھوڑ دیا گیا تھا۔ اماں کھانے میں لگ گئیں۔ گھنٹے دو گھنٹے اور گزر گئے، شام ہو گئی، لیکن کرنا کیا تھا۔ یہاں اماں کا دل بھی لگتا تھا۔ جھبر و میاں کا سارا گھر ان پر جان دیتا تھا۔ تب تک، چھوٹا والا گھبر ایا ہو ادوبارہ اندر داخل ہوا۔

'کچھ گڑبڑ ہے ابا۔۔۔ باہر کافی بھیڑ لگی ہے۔'

'اچھا کئی گاڑیاں ہیں۔ پورے محلے کو گھیر لیا گیا ہے۔'

'لیکن کیوں کمبخت؟'

'کچھ لوگ اماں کا۔۔۔''اماں'۔۔۔ جھبر و میاں اُچھلے۔

'سمجھ میں نہیں آتا لیکن جو پتہ پوچھ رہے تھے، وہ اماں کا ہے'۔'کیوں۔۔۔؟'

محلے میں واویلا مچا تھا۔ کئی گاڑیاں تھیں، محلہ دیکھتے ہی دیکھتے پولیس چھاؤنی میں تبدیل ہو گیا۔ کسی نے بتایا۔ پورے محلے کی تلاشی ہو گی۔ اماں جھبر و میاں کے ساتھ باہر آئیں۔ انسپکٹر، ماں کے مکان کے پاس تحقیقات کر رہا تھا۔ اماں تیزی سے لپکیں۔۔۔

'کیا ہے؟ الطاف کون ہے۔'

'جھبر و میاں کا سر گھوم گیا۔ ان کے بچے بھی آگے بڑھے۔ 'کیا بات ہے انسپکٹر صاحب؟'

'مندر پریسر پر حملہ ہوا ہے۔ دیکھا؟'

'ہاں ٹی وی پر سب کچھ دیکھا۔'

'الطاف کس کا بیٹا ہے؟'

جھبر و میاں نے اشارہ کیا۔ اماں کا چہرہ سَن۔۔۔

'کمانڈوز نے دونوں آتنک وادیوں کو مار گرایا۔ ایک اس کا بیٹا ہے، الطاف۔ پوچھ تاچھ ہو گی۔ تلاشی ہو گی۔ آپ لوگ یہی کرتے ہیں۔ فدائین بناتے ہیں۔' انسپکٹر گالیاں دے رہا تھا۔ 'آپ کو تھانے چلنا ہو گا۔'

اماں کا سر گھوم گیا۔ ٹی وی اسکرین کی تصویر آنکھوں کے آگے دوڑ گئی، لیکن اسی لمحہ ماں نے اپنے آپ کو سخت کر لیا۔

جھبرو میاں اور بچے پیچھے ہٹ گئے تھے۔

'چلوں گی۔۔۔' اماں کی آواز شانت تھی۔

انسپکٹر نے تلاشی کا اشارہ کیا۔ اماں سیڑھیوں پر بیٹھ گئیں۔ کمانڈوز واپس آ گئے۔

اماں نے ضبط نفس رکھتے ہوئے پوچھا۔۔۔

'الطاف سے مل سکتی ہوں؟' 'نہیں!'

'پوسٹ مارٹم۔۔۔؟'

'اجازت نہیں ہے۔ لاش یہاں لائی بھی نہیں جائے گی وہیں رہے گی۔ ابھی 'ڈی بریفنگ' چلے گی۔ جانے کیا کیا ہو گا۔'

'لیکن مجھے بیٹے سے ملنا ہے۔' 'کیوں' انسپکٹر غصّے سے بولا۔۔۔ 'اماں فدائین کو زندہ کرو گی کیا؟'

'نہیں۔ لیکن میں ملنا چاہتی ہوں۔'

'لیکن کیوں؟' دیر سے ضبط کئے گئے آنسو اماں کی آنکھوں سے چھلک گئے۔۔۔

''تھوکنا چاہتی ہوں میں، الطاف پر۔ تھوکنا چاہتی ہوں۔ سب کے سامنے۔ آپ کے، ٹی وی کے، ملک کے، سب کو گواہ بنا کر۔ ارے جو میرا نہیں ہوا۔ ملک کا نہیں ہوا۔ وہ اللہ اور رسول کا کیا ہو گا۔''

اماں نے پچ۔۔۔ سے دوسری طرف منہ کر کے تھوک دیا تھا۔ جیسے دیر سے چل رہی کشمکش سے اسے نجات مل گئی ہو۔ اب وہ پُر سکون تھی۔

'چلئے۔ جہاں لے چلنا ہو۔ میں تیار ہوں۔'

***

مودی نہیں ہوں میں

یہ انہیں دنوں کا واقعہ ہے، جب 'گودھرا' کی آگ نے یکایک 'بابری مسجد' کے دنوں کی یاد تازہ کر دی تھی۔

اذان ہو چکی تھی۔ مرغ نے 'دربے' سے منہ نکال کر دو ایک دفعہ 'بانگ' کا سر بلند کیا۔ پھر چپی اوڑھ لی۔

مرتضیٰ وضو سے فارغ ہوئے تو بٹیا سامنے تھی۔

آنکھوں نے اشارے میں فرمان جاری کر دیا___ 'کہیں جانے کی ضرورت نہیں ہے۔'

بٹیا اُداس سی ان کی طرف دیکھتی رہی۔ کچھ بولی نہیں۔

'بازو' میں پنڈت جی کا گھر تھا۔ پنڈت جی گھڑی نہیں باندھتے تھے۔ وقت آنکھوں کی پلکوں میں رکھا ہوتا تھا۔ آنکھیں بند کیں، اور پتہ لگالیا۔ پانچ بج کر دس منٹ۔ نہ ایک منٹ کم، نہ ایک منٹ زیادہ۔ یہ سب تو وقت کے لمبے کارخانے کا تجربہ ہے۔ نگاہ اٹھائی، تو آسمان پر اندھیری بدلیاں جمع ہو کر کسی انجان 'دیوتا' میں بدل گئی تھیں۔

جھکے، نمستے کا انداز اختیار کیا۔ غسل سے فارغ ہو گئے تھے۔ مگر کچھ چھوٹ رہا تھا۔ گذشتہ چند سالوں سے چل رہے اصولوں میں تبدیلی آگئی تھی۔

رام نام جپتے رہے، مگر جیسے آج پوجا کا 'ذائقہ' ہی چلا گیا تھا۔ ایک بار پھر آسمان کی طرف دیکھا۔ بادلوں کا کارواں جیسے کسی لاش کو لئے جا رہا تھا۔ وہ ایک دم سے سہم گئے۔

اچانک جیسے مندر کی گھنٹیاں ٹن ٹنا اُٹھیں۔

وہی، پانی کی لہروں جیسی آواز ___

'میں گن رہی تھی۔ پورے ۲۷۳ بار۔۔۔'

'کیا گن رہی تھی ___؟'

معصوم ہونٹ مسکرائے ___ 'وہی رام جی کا نام۔۔۔'

'اچھا!'

'یہ ہر دفعہ اتنی ہی گنتی کیوں ہوتی ہے۔'

'کیونکہ تمہاری گنتی کمزور ہے۔'

'میری گنتی کمزور کیوں ہو گی۔ مجھے تو بیس تک کے پہاڑے بھی یاد ہیں۔'

'میں کیا جانوں۔ روز ہی درختوں کے ارد گرد رام نام کا ورد کرتے کرتے اچانک پاؤں اپنے وقت پر رُک جاتے ہیں۔'

'نہیں، تم دل ہی دل گنتی گنتے ہو گے۔'

'ارے نہیں رے۔'

'نہیں، کیسے نہیں۔'

پھر بٹیا کے ساتھ پنڈت جی کی جنگ شروع ہو جاتی۔ کبھی کبھی اس 'جنگ' میں بھگوان اور اللہ دونوں شامل ہو جاتے۔

بٹیا مسکرا کر پوچھتی ___ 'تم ہندو کیوں ہو؟'

پنڈت جی غصّہ ہو کر پوچھتے ___ 'مرتضیٰ مسلمان کیوں ہے؟'

بٹیا مسکرا کر پوچھتی ___ 'تم لوگ مسلمانوں سے نفرت کرتے ہونا۔۔۔؟'

'پنڈت جی تاؤ کھا جاتے ___ 'ہاں، جیسے مرتضیٰ ہندوؤں سے کرتا ہے۔'

بٹیا مسکراتی تو پنڈت جی بھی مسکرا اُٹھتے ___ 'سب بھگوان کا کرشمہ ہے بٹیا۔ کسی کو وہاں پیدا کیا، کسی کو یہاں۔'

بٹیا پھر شرارت سے ہنسی ___ 'مجھے تو اچھے گھر پیدا کیا، مسلمانوں کے گھر۔ تمہیں تو ڈھنگ کا کپڑا بھی پہننا نہیں آتا۔'

پنڈت جی غصّے میں پیچھے دوڑتے ___ 'تیرے باپ کو آتا ہے؟ مرتضیٰ کو آتا ہے؟ ٹھہر! ابھی بتاتا ہوں۔۔۔'

وہ یکبارگی تیزی سے لپکے۔ لیکن کہاں، کون تھا؟ صبح نور کا تڑکا تھا۔ آسمان پر چھٹتی بدلیاں تھیں۔ باہر آئے تو مرتضیٰ کھڑے تھے۔ ہمیشہ کی طرح مذاق کے انداز میں نہیں، پُرسکون لہروں کی طرح۔

'چلو!'

کوئی کچھ نہیں بولا۔ صبح ابھی پوری طرح جھلملائی نہیں تھی۔ سڑک سنسان تھی۔ وہ کچھ دور تک ساتھ چلے۔ پنڈت جی نے کچھ بولنے کی حالت میں کئی بار مرتضیٰ کا چہرہ دیکھا۔ پھر رُک گئے۔ کیا بولیں؟

یہی حال مرتضیٰ کا تھا۔

آگے سڑک دائیں طرف مڑ گئی تھی۔ پھر اگلا موڑ 'رمنہ میدان' تھا۔ یہاں ٹھہرتے، بنچ پر بیٹھتے۔ دو قدم آگے تالاب تھا۔ وہاں کچھ وقت گزارتے، گفت و شنید ہوتی۔ پھر واپس چلے آتے۔

رمنہ میدان آگیا تھا۔

پنڈت جی نے خاموشی کا خاتمہ کیا۔

'بٹیا نہیں آئی!'

'ہاں'۔

'کیوں۔'

'میں نے منع کر دیا تھا۔'

'کیوں منع کر دیا تھا۔۔۔؟'

'بس، منع کر دیا تھا۔'

کوئی دلیل نہیں۔ پنڈت جی نے لمحے بھر کو، جذباتی ہو کر، مرتضیٰ کو دیکھا۔ پھر رُک گئے۔ یہاں ایک غیر جذباتی سپاٹ چہرہ تھا۔ ایک دم سپاٹ۔ کچھ بھی لکھا ہوا نہیں۔ کیا کہتے۔ یہی حال مرتضیٰ کا تھا۔ بٹیا کو منع کیوں کیا؟ کیا ضرورت تھی۔ بغیر ماں کی بچی، ذرا دیر کو بہل جاتی تھی۔

میدان میں لوگوں کا آنا جانا شروع ہو گیا تھا۔ بینچ خالی پڑی تھی لیکن دونوں میں سے کوئی بیٹھا نہیں۔ وہ تھوڑی دور تک چلے۔ تالاب کے قریب رُک گئے۔ کنارے بیٹھ گئے۔

'پہلے یہاں کا پانی کتنا صاف تھا!'

'ہاں۔'

'کم بختوں نے۔۔۔' پنڈ جی کہتے کہتے ٹھہر گئے۔

'گالی کیوں دیتے ہو۔ گنگا، جمنا، سرسوتی اور وہ کاویری۔۔۔'

مولوی نے پانی میں ایک کنکری پھینکی۔

'کا۔۔۔ وے۔۔۔ ری۔۔۔' پنڈت جی نے دہرایا___ 'پانی میں آلودگی کافی بڑھ گئی ہے!'

'ہاں'

'پہلے اتنی نہیں تھی۔'

'ہاں۔'

'اب کافی بڑھ گئی ہے۔' پنڈت جی اس بار خود کو روک نہیں سکے ___ 'بٹیا کیوں نہیں آئی؟'

مرتضیٰ نے ایک لمحہ کو اپنی آنکھیں پنڈت جی کی آنکھوں میں 'پیوست' کر دیں۔ جیسے کہہ رہے ہوں، 'کیوں نہیں بھیجی، اس کا فسانہ پڑھ لو پنڈت۔'

پنڈت جی آنکھوں کے اس حملے سے ایک دم گھبرا گئے۔ بات ہی کتنی سی تھی۔ گودھرا کی آگ یہاں بھی آگئی تھی۔ تھوڑے سے لوگ تھے۔ مٹھی بھر۔ شہر بند کرایا۔ تب مرتضیٰ نماز پڑھ کر مسجد سے نکلے تھے۔ 'عصر' کی نماز پڑھ کر۔ ایک بدمعاش نے مرتضیٰ کی داڑھی پکڑلی۔ کسی نے دو ایک ہاتھ بھی جڑ دیا۔

وہ مندر میں تھے۔ بس اتنی ہی خبر تھی۔ اتنا ہی ردّ عمل۔ 'ہر ایک عمل کا اس کے برابر اور برعکس ایک ردّ عمل ہوتا ہے۔' بس۔ اتنا ہی ردّ عمل لیکن ردّ عمل کی زد میں آئے تھے، مرتضیٰ۔ مرتضیٰ کی جگہ کوئی بھی آسکتا تھا۔ وہ تو محلے والوں نے بیچ بچاؤ کیا۔ پولس آئی۔ محلے میں 'چوکی' بیٹھ گئی۔

لیکن ___ پنڈت جی کے دماغ میں آندھیاں چلتی رہیں۔ ایسا نہیں ہونا چاہئے۔ وہ کیا منہ دکھائیں گے بٹیا کو۔ کافی دیر تک مندر میں پڑے رہے۔ پوچھنے والا ہی کون ہے۔ آگے، نہ پیچھے۔ ہمت نہ ہوئی بٹیا کو منہ دکھانے کی۔ رات کے نو بجے ذرا سی ہمت جٹائی۔ مرتضیٰ کے 'چوکھٹ' کی کنڈی کھٹکھٹائی۔ دروازہ کھلا۔ لاش جیسا سرد چہرہ۔ قریب ہی چٹائی پر بٹیا بیٹھی تھی۔ پژمردہ چہرہ۔

پنڈت جی آگے بڑھے۔ وہیں چٹائی پر بیٹھ گئے۔ مرتضیٰ دوبارہ لیٹ گئے۔

پنڈت جی کافی دیر بٹیا سے بات کرنے کی ہمت جٹاتے رہے۔ ننھی ننھی آنکھوں میں

آنسو بھی تو نہیں تھے۔ کمبخت اِسی بہانے باتیں کرنے کو دو الفاظ مل جاتے۔

بدن بے حس ہو رہا تھا۔۔۔ بیٹھا نہیں جا رہا تھا۔

'کچھ بولو گی نہیں۔'

بٹیا چپ تھی۔

'میری کیا غلطی ہے؟'

بٹیا اس بار بھی چپ تھی۔

'چل۔ میں ہی مجرم۔ میں ہندو ہوں۔ برا ہوں۔ اگلی بار مسلمانوں میں جنم لوں گا ۔۔۔'

جذبات بادلوں کی طرح پھر گھر گھر آئے تھے۔ رکے نہیں پنڈت جی۔ واپس آ گئے۔

تالاب میں ایک کے بعد ایک کنکریاں پھینکنے کا سلسلہ جاری رہا۔ کافی دیر بعد مرتضیٰ بولے ___ کافی سمجھایا۔ کل ساری رات صدمہ جیسی حالت رہی۔ رات میں تیز بخار بھی تھا۔

'پھر۔۔۔' پنڈت جی چیخے ___ 'بلایا کیوں نہیں؟'

'نہیں بلایا۔ بٹیا ڈری تھی۔'

'کس سے ڈری تھی؟'

مرتضیٰ چپ تھے۔

پنڈت جی نے ایک موٹا سا پتھر پانی کی طرف اُچھال دیا تھا۔

'چلو۔ بٹیا سے ملنا ہے۔'

آناً فاناً گھر تک کے فاصلے مٹ گئے۔ پنڈت جی بے حد غصّے میں تھے۔ بٹیا کی پیشانی

چھو کر دیکھا۔ ایک ہاتھ مارا۔

'بول میری کیا غلطی ہے؟'

بٹیا چپ۔ ایک ٹک پنڈت جی کی طرف دیکھ رہی تھی۔

'بخار ہے۔ مجھے بلایا کیوں نہیں؟' لیپ لگا دیتا۔ مولوی کی پھونک اثر کھو چکی ہے۔ شلوک پڑھ کر تجھے پھونکتا۔ پھر دیکھتی۔'

بٹیا کی آنکھوں میں اب بھی کوئی چمک نہیں ہے۔

'بولے گی نہیں۔۔۔ نہیں بولے گی___! نہیں بولے گی تو یہ شہر چھوڑ کر چلا جاؤں گا۔ میرا جرم تو بتا دے بٹیا۔۔۔'

اس بار پنڈت جی رونے رونے کو ہو گئے۔ ایک دم سے چیخ پڑے___ 'سن ہندو ہوں۔ مودی نہیں ہوں میں'۔

بٹیا اور مرتضیٰ، حیران سے، ان کا چہرہ دیکھ رہے تھے۔

دوسرے ہی لمحہ بٹیا پنڈت جی کے گلے سے لگ کر زور زور سے رو پڑی تھی!

///

ٹیشو پیپر

آپ کو کیا لگتا ہے، سیکس۔۔۔! نہیں۔ میں سیکس کے بارے میں ہی پوچھ رہا ہوں —اور بالکل بھی سمجھ نہیں پا رہا ہوں کہ بھلا سیکس کے نام پر اس طرح چونکنے یا بھنویں سکوڑنے کی کیا ضرورت ہے —؟ آپ گھبرائے ہوئے بھی لگتے ہیں —اور بے حد الجھن بھری نگاہوں سے میری طرف دیکھ رہے ہیں جیسے میں نے کوڑھ یا ایڈس جیسی بھیانک بیماری کے بارے میں پوچھ لیا ہے۔ نہیں —اتنا سخت بننے کی ضرورت نہیں ہے۔ آرام سے صرف میرے اس سوال کا جواب دیجئے۔۔۔ کہ کیا سیکس کے بغیر آپ رہ سکتے ہیں؟ کیا سیکس کو زندگی کا حصہ بنائے بغیر آپ ساری عمر گذار سکتے ہیں؟ سیکس کتنا بستا ہے آپ میں؟ نہیں اتنا غصہ مت کیجئے۔ اس چینی فلسفی وانچو کی طرح —جو کہا کرتا تھا، آنکھ کھلنے کی کہانی بس ناف کے نیچے ذرا سا پائجامہ سرکنے کی کہانی ہے —اور اس کہانی سے ہی ہم سماج، مذہب، معاشیات اور اخلاقیات تک کے اصول اور قانون بُنتے رہتے ہیں —سب ایک مقدس پانی کے قطرے کی کرامت۔۔۔ اور آپ پائجامہ اتارنا نہیں چاہتے تو آپ کے آدمی ہونے پر شک کیا جا سکتا ہے — نہیں، ہنسئے مت۔ وانچو کو اس وقت بھی اچھی نظر سے دیکھا نہیں گیا۔ اور شکر تھا کہ وہ یونان کی جگہ چین میں پیدا ہوا ورنہ سقراط کے چاہنے والوں کی طرح اسے بھی زہر کا پیالہ پینا پڑتا جاتا۔۔۔

اب آپ غصے سے دیکھ رہے ہیں۔ اور جناب، یہ کوئی مناسب بات نہیں ہے — ناف کے نیچے پائجامہ سرکنے کی بات پر اتنا برا منہ بنانے کی کوئی ضرورت نہیں ہے —

مذہبی، مقدس کتابوں سے مندروں تک —ایک دوسرے میں گم، عورت اور مرد کی ہزار تصویریں جو اشتعال پیدا کرتی ہیں۔۔۔ اور ایک انجانی سی بھوک بھی —جو قدم قدم پر آپ کو بے چین کیے رہتی ہے — نہیں، غصہ مت ہوییٔے۔۔۔ ایک بار میرے کہنے سے مقدس عمارتوں کو ہی دیکھ لیجیٔے —مسجد کے گنبد، کراس کے نشان یا شیولنگ —ایک ساتھ محبت، عقیدت اور انسانی جسم سے وابستہ بھوک کی نشاندہی کرتے ہوئے —آپ کی مذہبی کتابیں بھی ان کے ذکر سے خالی نہیں ہیں —ایک دن اچانک ناستر ودومس کس کی طرح سیکس کی تیسری آنکھ کھل گئی اور اس کہانی نے جنم لے لیا—

مقام دہلی مہانگر، جمنا پار کا پریت وہار انکلیو—

کِردار: پچاس کی عمر میں پہنچے کامتا بابو اور ان سے دس سال چھوٹی ان کی بیوی۔۔۔ سلیکھا۔ اور سلیکھا کا ایک قریبی رشتے دار —وجندر۔ جسے وہ چھوٹا بھائی کہتی ہے۔ عمر یہی کوئی ۲۸-۳۰ کے آس پاس۔ تین کمروں والے اس فلیٹ میں ایک کمرہ اس کا بھی ہے۔ نوکری کی کوشش میں لگا ہے۔ تھوڑی سی دوڑ بھاگ —اور باقی بچا وقت کمپیوٹر —دماغ پریشان ہو تو چیٹنگ سے بہتر کوئی چیز نہیں —اور دیکھیٔے، اس وقت بھی وہ یہی کر رہا ہے—

اس کی آنکھیں نشے میں ہیں اپسراؤں کا رقص جاری ہے۔

وجیندر

وجیندر کی آنکھیں نیٹ پر جم کر رہ گئی تھیں۔ رنگ برنگی پریوں کی قطار جیسے نیٹ سے نکل کر کمرے میں آ گئی ہو۔ دعوت نظارہ دینے کے لیے۔۔۔ یاہو چیٹنگ باکس پر وہ شاید اب تک دنیا کے تمام ممالک کی اپسراؤں سے مل چکا تھا —اور ان اپسراؤں کے بارے میں اس کا علم حیران کرنے والا تھا۔ ایران کی لڑکیاں کیسی ہوتی ہیں۔۔۔ فلپائن کی ۔۔۔ بیچارا غریب ملک۔۔۔ جلد ہی 'کیم' پر آ کر کپڑے اتارنے لگیں گی۔ دوست بنانے

میں جلد باز۔ پھر آپ سے پیسے مانگے گی۔ کالج میں پڑھتی ہے۔ فیس دینے کے پیسے نہیں۔ اور پاکستان۔۔۔ کچھ تو شرافت کی پتلیاں اور کچھ آپ کے پوچھنے سے پہلے ہی پوچھیں گی۔ Do you have cam? اور دوسرا سوال ہوگا۔ ڈویو لائک سیکس چیٹ — کیم روشن ۔۔۔ دنیا گلوبل ہو کر ایک چھوٹے سے کمرے میں اپنی رنگینیاں بکھیرنے لگتا۔۔۔ کپڑے اترنے لگتے اور — آسٹریلیا، سنگاپور، چین، جاپان، اور اپنا پڑوسی ملک نیپال۔۔۔ جب تک نوکری نہیں ہے۔۔۔ وجیندر کے پاس ذہنی اور جسمانی بھوک کی تکمیل کا بس یہی ایک ذریعہ تھا—اور اس کے باہر—

لیکن وجیندر جانتا ہے۔ حقیقت کی زمین ہر بار دوسری ہوتی ہے۔ سخت، تکلیف دہ۔ اس گھر میں جیسے وہ اچانک ہی اجنبی ہو گیا ہے۔ بہت کچھ بدل رہا ہے۔ بڑے شہروں میں یوں تو زندگی بسر کرنے کے طریقے آہستہ آہستہ بدلنے لگتے ہیں۔ پھر اچانک ایک دن مہانگر تہذیب کا راکشش آپ کو نگلنے چلا آتا ہے۔ وجیندر سب کچھ دیکھ رہا ہے۔ یا اسے یوں کہیں کہ اپنی حدود میں رہ کر وہ سب کچھ دیکھنے پر مجبور ہے لیکن حقیقت یہ ہے کہ وہ کچھ بول نہیں سکتا۔ منہ نہیں کھول سکتا۔ اسے لگتا ہے نیٹ کی یہ پریاں نہ ہوتیں تو شاید اس گھر میں اس کا دم گھٹ گیا ہوتا۔۔۔ سلیکھا کو وہ دیدی کہتا ہے۔ بچپن سے کہتا آیا ہے مگر اسے لگتا ہے، اچانک دیدی، گھر میں آئی تبدیلی کا شکار ہو کر شاید نئی تہذیب کے پل یا کسی نئے راستے پر نکلنے کی تیاری کر رہی ہیں۔ مگر کیوں؟

سلیکھا

عام بیویوں جیسی ہی ایک بیوی — مگر جب خواہشات اندر سے سر نکالتی ہیں تو شاید آگے پیچھے کچھ نہیں دیکھتیں۔ ایسی ہی کسی دبی خواہش نے جب پہلی بار سر نکالا تو ایک انجانی محبت کو جنم دیا۔ پھر شادی بیاہ کے بعد نوکری — فلیٹ اور بڑھتی خواہشات بھیانک

شکل اختیار کرتی گئی — تھوڑا صبر کریں۔ کیونکہ خواہشات کے اسی بھیانک جنگل سے اس کہانی کی شروعات ہوئی —

کامتاناتھ یعنی میں

سچی بات یہ ہے کہ یہ کہانی میری ہے۔ میں یعنی کامتاناتھ — مجھے لگتا تھا، شاید سب کچھ بدل رہا ہے لیکن بدلنا تو ایک فطری عمل ہے۔ پھر بدلنے میں ڈر کیسا؟ لیکن آپ رشتوں کے بدلنے کا درد نہیں جانتے — یہ سب کچھ کیسے ہوا۔ شاید میں اس طرح تفصیل سے نہیں بتا پاؤں، جیسے مصنف یا جذباتی قسم کے لوگ مرچ مسالہ لگا کر آپ کو بتا سکتے ہوں — یہ ہنر میرے پاس نہیں ہے۔ پھر بھی پچاس سالہ زندگی کی ایک ایک تفصیل میرے پاس ہے۔ ٹھیک ویسے ہی، جیسے کوئی دکاندار اپنے آٹے چاول کی قیمتیں یاد رکھتا ہے۔

شاید میں اس بھیانک ڈراؤنے خواب سے باہر نکل آیا، جیسا ابھی کچھ دن پہلے میرے ساتھ ہوا — ایک عجیب سا ڈراؤنا خواب — یقین کرنے کی ہمت نہیں ہوتی کہ کیا سچ مچ ایسا میرے ساتھ ہو سکتا ہے —؟ میں پریکٹیکل نہیں ہوں — اصول پرست یا آدرش وادی بھی نہیں — لہٰذا اس تفصیل میں، جو اب میں آپ کو بتانے جا رہا ہوں، ممکن ہے کچھ آگے پیچھے یا اونچ نیچ ہو جائے تو اس کے لیے میں ابھی سے آپ سے معافی چاہوں گا — چلیئے زیادہ وقت نہ لیتے ہوئے میں تھوڑی سی تفصیل ڈائری کی شکل میں آپ کے سامنے پیش کر رہا ہوں۔

۴ اگست ۲۰۰۷

مجھے لگ رہا ہے —۔ میرے اندر کچھ ہو رہا ہے — دفتر سے گھر آنا صرف ایک مجبوری ہے۔ کیونکہ اب یہاں سلیکھا نہیں ملتی۔ سلیکھا کی خوشبو بھی نہیں۔ سلیکھا کے آ

جانے کے بعد بھی اس کا احساس نہیں ہوتا۔

۷ اگست

سوچتا ہوں، کیا محبت کبھی اُداس یا تھکن کا شکار ہو سکتی ہے —؟ سلیکھا کئی دنوں سے کافی لیٹ آرہی تھی۔ رات کے بارہ ایک بج جاتے۔ آنے کے بعد بھی ہم میں بات نہیں کے برابر ہوتی۔ شاید زندگی میں ایک ایسا وقت بھی آتا ہے جب ازدواجی زندگی صرف نبھائے جانے کی چیز بن جاتی ہے۔ مجھے احساس ہے کہ میں رومانی آدمی کبھی نہیں رہا۔ اس لیے سلیکھا کی جسمانی خوبصورتی بیان کرنے کے لیے بھی میرے پاس لفظ نہیں ہیں — نہیں جانتا۔ ایک وقت ہم نے لو میرج کیسے کی۔ (اس کی تفصیل آگے آئے گی) مگر اب زندگی کے اس پت جھڑ میں کوئی بھی رومانی مکالمہ مجھے چھو بھی سکتا — کبھی سوچتا ہوں، شاید سلیکھا کے ذہنی طور پر تقسیم ہونے کا یہی راز رہا ہو۔۔۔

۱ ستمبر

رات کے دو بج گئے تھے۔ سلیکھا کے انتظار میں آنکھیں پریشان ہو رہی تھیں — لیکن میں مطمئن تھا۔ اس کی تاخیر کی کوئی وجہ حادثے سے نہیں جڑ سکتی — میں کھڑکی پر کھڑا تھا۔ باہر رات سو گئی تھی۔ گاڑی رکی تھی۔ سلیکھا کے ساتھ ایک اسمارٹ سا شخص اترا تھا — اس نے سلیکھا کو اپنی بانہوں میں لیا اور ایک گرم بوسہ دیا۔۔۔ میں کھڑکی سے ہٹ گیا۔ شاید اس منظر کا تانا بانا تو میرے اندر پچھلے کئی مہینے سے بُنا جا چکا تھا — اگر آپ خاموش ہوتے ہیں اور اندر تک صرف لہولہان ہونا جانتے ہیں تو سمجھ لیجئے — آپ اپنی تمام ذہنی اور جسمانی سطح پر نامرد ہو چکے ہیں۔

شاید میرے ساتھ یہی ہوا تھا۔

سنہرے رنگ کا خوبصورت سا بیگ لہراتی وہ کمرے میں آئی تو سارا کمرہ خوشبو سے

معطر ہو اٹھا۔ اس کے وجود میں ایک تھرکن سی تھی وہ بہت خوش لگ رہی تھی۔ اور یہ بیگ بھی اس سے پہلے میں نے اس کے ہاتھ میں نہیں دیکھا تھا۔ اس نے پلٹ کر میری طرف دیکھا۔

'آج نہیں پوچھو گے، کہ میں کہاں تھی اتنی دیر—'

میں نے نظر نہیں اٹھائی۔۔۔ سنّاٹے میں اس کے اس جواب کو محسوس کرتا رہا۔ اچانک وہ ہنسی —'دہلی والے ہونے لگے ہو— تھوڑا تھوڑا بدلنا بھی سیکھ رہے ہو۔ چلو اچھا ہے۔ یہ ایٹی کیٹ تمہارے اندر آجائے گا تو پھر جینا آسان ہو جائے گا۔'

وہ پھر خاموش رہا۔ شاید یہی اس کی غلطی تھی۔ سلیکھا چیخی تھی۔

'مجھے ہرٹ کر رہے ہو تم۔ بولتے کیوں نہیں۔ دیر رات آکر کوئی گناہ نہیں کیا میں نے۔۔۔'

شاید وہ پہلی رات تھی میرے لیے —جب ایک گہری خاموشی کا احساس ہوا تھا اپنے اندر — ممکن ہے بولنا چاہا ہو۔ لیکن اندر کے اندھیرے نے بولنے ہی نہیں دیا۔ اندر ہی اندر گھٹتی رہی آواز۔

۲۲ ستمبر

ہوم لون کا انٹرسٹ ہمیشہ ہی وقت پر دینے میں ناکام رہا۔ پہلے صرف فون کی گھنٹی بجتی تھی۔ اب فون پر وارننگ بھی دی جانے لگی۔ یاد آیا، پہلے ہم اندر لوک میں تھے۔ کرائے کے مکان پر — سلیکھا کی جاب ہو جانے کے بعد سے ہی اس نے اپنے گھر کا راگ الاپنا شروع کر دیا تھا۔ فون پر ہر وقت بجتی گھنٹیوں میں ایک سریلی آواز پرائیوٹ بینک والوں کی بھی ہوتی ہے۔ سر۔۔۔ آپ کو ہوم۔۔۔ گاڑی وغیرہ کے لیے لون تو نہیں چاہئے۔ تبھی پرم جیت ٹکرایا تھا۔ ایک سکھ نوجوان —سارے کاغذات کی خانہ پری اسی

نے کی۔ سلیکھا اور میرے آئی کارڈ، ایڈریس پروف، تین سال کے انکم ریٹرن۔۔۔ اس کا اپنا کمیشن الگ۔۔۔ ان سب سے فارغ ہو کر بینک کے افسر سے ملنا تھا۔ وہ ایک خوبصورت سی پچیس سال کی لڑکی تھی۔ کچھ اہم اور رسمی باتیں — اور چند دنوں کے بعد پرمجیت کی محنت رنگ لائی۔ لان سیکشن ہو گیا۔ پہلے ہی پریت وہار کالونی کے ایک فلیٹ کی بکنگ سلیکھا کرا چکی تھی۔ بینک سے آیا ملازم اس فلیٹ کی تصویر لے جا چکا تھا۔ اٹھائیس لاکھ کا لون۔ پرمجیت کا فائیو پرسینٹ کا کمیشن — اور ہر مہینے بینک انٹرسٹ کے بیس ہزار روپے — سلیکھا اور مجھے ملا کر مہینے کے پینتیس ہزار ہو جاتے تھے۔ اب ہر مہینے کے بیس ہزار بینک انٹرسٹ میں چلے جا رہے تھے — بینک لون کے لیے بھی پرمجیت کو شروع میں دینے کے لیے کچھ پیسوں کی ضرورت پڑی تھی۔ سوچتا ہوں، اپنا مکان آپ کو کتنی شرطوں پر حاصل ہوتا ہے۔ جب آپ اپنا سکھ چین سب کچھ ان شرطوں کے نام گروی رکھ دیتے ہیں۔

۲۳ ستمبر

صبح صبح باہر گدھ منڈراتے دیکھے تو ڈر سا گیا—

'گدھ کیوں آئے —؟'

آئے ہوں گے۔۔۔ خود سے کہا۔

مگر کیوں؟ ایسے تو نہیں آتے —؟

ٹھیک یہی وقت تھا، جب سلیکھا باہر آ کر بولی تھی۔۔۔ جا رہی ہوں۔ آج دفتر میں کام بہت ہے۔ شاید زیادہ وقت لگ جائے۔ وہ یہ دیکھنے کے لیے بھی نہیں رکی کہ میں اسے دیکھ رہا ہوں یا نہیں — آج اس نے سلیولیس شرٹ پہنی تھی اور جینس۔ میں نے غور کیا اس نے اپنا پہناوا بھی چینج کر لیا ہے — شاید پہناوے کے ساتھ بہت کچھ۔ تھوڑی دور

جانے کے بعد وہ پلٹی۔

'اور ہاں —میں نے موبائل کا سم، چینج کر دیا ہے۔ وہ بینک والے بہت پریشان کرنے لگے ہیں —لینڈ لائن کا فون مت اٹھانا —مگر ہاں —دو مہینے کا انٹرسٹ ہے۔ وہ ٹھہری —کسی دوست سے مانگ لونا—'ایک بار پھر وہ بیگ ہلاتی نظروں سے اوجھل تھی۔

میرے اندر کی بے چینی بڑھ چکی تھی۔ شاید اب دماغ میں پٹاخے بھی چھوٹنے لگے تھے اور ہر گزرنے والے وقت کے ساتھ ان چھوٹتے پٹاخوں کی تعداد بڑھتی جا رہی تھی۔

۲۶ ستمبر

پڑوس میں وِمل نام کے آدمی نے خودکشی کر لی تھی۔ اس کی بیوی اسے چھوڑ کر دو دن پہلے بھاگ گئی تھی۔ کالونی میں پولس آئی تھی۔ کافی لوگوں سے پوچھ تاچھ ہوئی۔

۲۸ دسمبر

کافی دنوں بعد وجیندر آیا تھا۔ اس نے بتایا کہ آج وہ رات کو یہیں رکے گا۔ مگر دوسرے دن صبح ہی چلا جائے گا۔ وہ بار بار میری طرف دیکھ رہا تھا —میرے چہرے پر پھیلی خاموشی کو پڑھنے کی کوشش کر رہا تھا۔

وجیندر کے ہونٹ نفرت سے سکڑے ہوئے تھے۔

'مجھے پتہ تھا، ایک دن تم بیمار پڑ جاؤ گے۔ اندر لوک کیا برا تھا —مانا کہ کرائے کا گھر تھا۔ مگر یاد کرو۔ اف ّ۔۔۔ اس نے مجھے ہلانا بند کر دیا —یہاں کی فضا صرف بیمار کر سکتی ہے تمہیں۔ اور تم بیمار ہو گئے —اب چلو یہاں سے —

میں نے اس کی طرف نگاہ اٹھائی۔ شاید میں بہت کچھ کہنے کی کوشش کر رہا تھا۔ مگر میرا ذہن مفلوج تھا۔ لفظ اندر ہی گھٹ گئے تھے۔ لگا، کچھ دنوں سے مسلسل چلنے والی پریشانی نے، مجھ سے میرے سارے لفظ چھین لیے ہوں۔

وجیندر دوسرے دن صبح ہوتے ہی چلا گیا۔ شاید اگر میرے اندر کی زبان کو وہ سمجھ پاتا تو وہ رک سکتا تھا۔ مگر پتھروں کے، گونگے درو دیوار کے درمیان جہاں چین کی دو سانسیں لینا مشکل ہوں، بھلا کون رک سکے گا—؟

۲۹ ستمبر---

ہوم لون کے لیے مسلسل کئی بار فون آئے۔ دہلی اور ممبئی دونوں شاخوں سے — میں نے فون ضرور اٹھایا۔ لیکن میری آواز ہی جواب دے گئی تھی — صبح ۱۱ بجے باہر ڈمرو کی آواز نے مجھے جگایا— کھڑکی کھولی۔ کبھی کبھی کالونی میں ایسے کھیل تماشہ کرنے والوں کو بڑی مشکل سے کسی کے کہنے پر اندر آنے کی پرمیشن دے دی جاتی ہے —وہ ایک بندر والا تھا۔ کالونی کی کچھ عورتیں تماشا دیکھ رہی تھیں۔ بندر والا ڈگڈگی بجاتا بندروں کا کھیل دکھا رہا تھا۔ اس کے ساتھ جمورا بھی تھا۔ جمورا یعنی ایک چھوٹا سا دس سال کا بچہ۔ بندر سے تھوڑا ہی بڑا —اور بندر کی طرح ہی کودتا پھاندتا اپنے کھیل دکھانے میں محو تھا۔-۔ میں بس ایک ٹک بندر اور اس بچے کو دیکھے جا رہا تھا —اندر ایک بے چینی سی تھی۔ ڈمرو کی آواز یکا یک بری لگنے لگی۔ وہ بچہ یکا یک مجھے پپیٹ یا کٹھ پتلی جیسا دکھنے لگا تھا— محسوس ہوا، بندر نہیں —اسے نچایا جا رہا ہو۔ اور بندر والے کے ساتھ رہتے رہتے —شاید اپنے انسان ہونے کے احساس کو مار کر، اس نے خود کو ایک بندر ہونے کی سانچے میں ڈھال لیا ہے۔

اس وقت بندر، بندر نہیں بلکہ وہ ہے —وہ بندر اندر ہلچل مچا رہا تھا — آگے کھیل دیکھنا میرے بس کی بات نہیں تھی —اپنے بستر تک آنے تک جیسے دماغ آگ کا انگارا بن چکا تھا —میں مسلسل اپنے سر ہلا رہا تھا۔ جیسے سارا نظام ہی بدتر ہو اور اس سارے نظام کو خراب کرنے میں صرف سلیکھا کا ہاتھ ہو — نہیں، شاید آپ یقین نہیں کریں، اس وقت میرے اندر کچھ عجیب سی کارروائی چل رہی تھی۔ میں اپنے ہی سوال و جواب میں الجھا ہوا

تھا—

سوال: بندر والا کیوں آیا—؟

جواب: سلیکھا لائی۔

سوال: بندر والے نے روٹی کھائی—؟

جواب: سلیکھا نے نہیں دی۔

سوال: کالونی میں کسی کو بھی آنے کیوں دیا جاتا ہے؟

جواب: سلیکھا قصوروار ہے۔

سوال: کشمیر میں برف کیوں گری؟

جواب: سلیکھا جواب دہ ہے۔

سوال: چار دہشت گرد مارے گئے؟

جواب: سلیکھا جانتی ہے۔

سوال: پالیوشن بہت بڑھ گیا ہے؟

جواب: سلیکھا قصوروار ہے۔

آپ سمجھ سکتے ہیں، جیسے میرے آخری نشانے پر صرف سلیکھا تھی — لیکن میں بولنے سے معذور تھا۔ سننے سے بھی —میرے جسم کے اندر عجیب سے کیمیائی رد عمل ہو رہے تھے —جیسے شاید اس کیمیائی عمل کو سمجھ پانا اب میرے لیے آسان نہیں تھا۔ مگر اس پورے عمل میں، میں صرف ایک بے زبان جانور بن گیا تھا—شاید میرے اندر اس قدر اندھیرا اور سنّاٹا اکٹھا ہو چکا تھا، جس کے بارے میں، میں خود بھی نہیں جانتا تھا، کہ اس بے حد گہرے سنّاٹے اور اندھیرے کا خاتمہ کیسے ممکن ہے؟ بستر۔۔۔ بستر سے بالکنی۔۔۔ پھر بستر۔۔۔ اندر جیسے دھماکے چل رہے تھے — کبھی مسکراتا، جیسے ملک، سیاست اور

سازش کے ہر ایک پہلو سے کوئی واقف ہے تو صرف میں —میں اندر ہی اندر ہنس رہا تھا۔ شاید میں اس وقت اس دنیا کا ذہین ترین انسان تھا—اور میں اس دن، کسی بات پر دیر تک ہاتھوں کی انگلیوں سے اشارہ کرتا، کچھ بتانے یا کہنے کی بھی خود سے کوشش کر رہا تھا—پھر کچھ بدبداتا۔ مگر لفظ، شاید لفظ نہیں تھے—لفظ کہاں تھے—میں نے نظر اٹھائی۔

ذہن میں اب بھی پٹاخے چھوٹ رہے تھے—دروازے پر سلیکھا کھڑی تھی—اور میں سلیکھا کی جانب ایسے دیکھ رہا تھا جیسے کسی چھپکلی، گلاس، سامنے کی دیوار یا اپنے ہاتھوں کی انگلیوں کو دیکھ رہا ہوں—اب سوچتا ہوں تو لگتا ہے کہ شاید اُس کی آنکھوں میں ماند پڑی ہوئی چمک کے ساتھ ایک نفرت رہ گئی تھی—گہری نفرت—جیسے اس کی الجھی الجھی سی آنکھیں مجھے ایک نفسیاتی مریض یا پاگل سمجھ رہی ہوں—شاید وہ چیخی بھی تھی

—

'ناٹک بند کرو۔۔۔سنا تم نے۔۔۔'

وہ وہیں کھڑی رہی۔ میری طرف آگے نہیں بڑھی۔

'مجھے ڈراؤ مت—سنا تم نے—ایسا کیوں کر رہے ہو—پاگل ہو گئے ہو کیا؟ نہیں، تم ناٹک کر رہے ہو۔ بینک کے لیے کسی کو فون کیا—؟ ناٹک مت کرو۔ اسکیپ ہے یہ تمہارا—ذمے داریوں سے بچنا چاہتے ہو—سنو! زیادہ پاگل پن کروگے تو چلی جاؤں گی تمہیں چھوڑ کر۔ یو نو، میں نہیں سہنے والی تمہارا ڈرامہ—' لفظ غائب تھے۔ اب سوچتا ہوں تو لگتا ہے، اس وقت سلیکھا ایلس ان ونڈر لینڈ کی بلّی بن گئی تھی۔ میں بلّی کی مونچھوں کو دیکھ رہا تھا۔ سلیکھا غائب تھی۔ بلّی کی مونچھیں میرے سامنے تھیں اور ان مونچھوں کو دیکھ کر میں ہنس رہا تھا۔ شاید سلیکھا مجھے ہنستا دیکھ کر گھبرا گئی تھی۔

۳۰ ستمبر ۲۰۰۷

سلیکھا صبح جلد اٹھ گئی۔ شاید رات والے کامتا ناتھ کو برداشت کرنا اس کے لیے نا ممکن سا تھا — صبح وہ کب اٹھی، تیار ہوئی۔ شاید میں یہ سب جاننا بھی نہیں چاہتا تھا یا میرے پاس سوچنے لائق اس وقت کچھ بچا ہی نہیں تھا۔ کیونکہ صبح ساڑھے سات کے آس پاس میں نے صرف اس کی ایک جھلک دیکھی تھی۔ وہ سفید جھینے سوٹ میں تھی۔ گھبرائی سی — آہستہ سے میرے کمرے کا دروازہ کھول کر مجھے دیکھنے کی کوشش کی تو میں نے 'سیمل' کے پیڑ پر بیٹھے بندروں کی طرح اسے دیکھ کر اپنی کھیسیں نپوڑ دیں —ایک چیخ کے ساتھ اسے دروازے سے بھاگتا دیکھا میں نے — مگر شاید ٹھیک سے کچھ یاد نہیں کہ ایسا کیسے ہو گیا تھا۔ شاید بچپن کے احساس آپ کے اندر کہیں رہ جاتے ہیں — بچپن، گھر کی دیوار کے اس پار کھنڈر میں وہ سیمل کا پیڑ — جنوری فروری کی خوشگوار ہواؤں میں سیمل سے روئی اڑاتے بندر۔ میں اُنہیں مارنے کو ہاتھ ہلاتا تو وہ زور سے اپنی 'دولتّی' چلاتے ادھر سے اُدھر پھاندنے لگتے —شاید انسان ہونے کے تمام احساسوں کے باوجود وہ ڈارون 'کا جانور اندر رہی ہوتا ہے۔۔۔ سلیکھا کے جانے کے بعد بھی شاید یہ بندر 'آزاد' تھا۔ یا چہک رہا تھا۔ یا شاید سب کچھ بھول گیا تھا۔ کارنس پر چڑھ گیا۔ یہاں ایک قطار سے دوا کی خالی شیشیاں پڑی تھیں۔۔۔ اب میں اُنہیں پھینک رہا تھا۔

'لے کُلبُل آ۔۔۔ پکڑ۔۔۔' یہ کلبل آ کون تھا —؟ اچانک دماغ میں دھول میں سنا چہرہ کیسے آ گیا —؟ جبکہ شاید میں نیم بیہوشی کی حالت میں تھا۔ دماغ سو رہا تھا۔۔۔ پر بوا کا بدمعاش بچہ کلبل آنکھوں کے آگے تھے۔۔۔

'لے۔۔۔ سالے پکڑ۔۔۔ آم پکڑ۔ لے یہ امرود پکڑ۔۔۔ لے نا۔۔۔ ایک دو تین سات۔۔۔ شیشیاں دھائیں دھائیں زمین پر گر کر ٹوٹتی رہیں — آنکھوں کے آگے لال دھندلی پرچھائیاں پھیل گئیں تھیں۔ دماغ جل رہا تھا۔ کارنس سے نیچے کودنے تک میں

زور سے چیخا تھا۔۔۔ اور شیشیوں کی ٹوٹی کرچیاں میرے پاؤں کو زخمی کر چکی تھیں۔۔۔

نیم بیہوشی کی حالت میں تھا۔ اس لیے دروازے کے اندر آتے وجیندر کی زور دار چیخ بھی شاید میں نہیں سن پایا تھا۔ اب سوچتا ہوں، وجیندر اس وقت اچانک نہیں آیا ہوتا؟ کیا من کی آنکھیں ہوتی ہیں —؟ یا روح کے اندر 'ٹیلی پیتھی' کا کوئی وائر ہوتا ہے، جو کہیں نہ کہیں میرے لیے وجیندر کے احساس سے بھی وابستہ تھا۔۔۔

شام، دونوں پاؤں میں پٹّیاں بندھی تھیں —وجیندر میرے پاس بیڈ پر بیٹھا تھا۔ میری آنکھوں میں جھانکتا۔۔۔ جیسے اس لمحے کے دردناک منظر کو اپنی گہری حساس آنکھوں سے، ایک نئی دلیل کے 'ٹیسٹ ٹیوب' میں ڈال رہا ہو۔

'سنو جیجو۔۔۔ میرے کمرے میں آنے تک شیشے کے ہزاروں ٹکڑوں کے درمیان تمہارا جسم ایسے پڑا تھا، جیسے تاج محل کی تعمیر کرنے والے کاریگر کام سے تھک کر سنگ مرمر کے مرمریں چھوٹے چھوٹے ٹکڑوں کے درمیان آرام کر رہے ہوں —تمہارے پاؤں سے خون نکل رہا تھا۔۔۔ اور یہ خون شیشے کے چھوٹے چھوٹے ان گنت ٹکڑوں سے نکل کر دھول میں پیوست ہونے کی تیاری کر رہے تھے —سنو، جیجو —دیکھو مت — ایسے مت دیکھو مجھے —تب پہلی بار لگا، تالستائے کو انّا کارنینا کی بیوفائی میں بھی کیسی وفاپرست عورت نظر آئی ہوگی —یا پھر دوستووسکی کا وہ ایڈیٹ جو پرنسز کی محفل میں شرمایا شرمایا سا، ایلٹ کلاس کے لوگوں کے درمیان آتا ہے —اور بے وقوفوں کی طرح ہاتھ سے شراب کا گلاس چھوٹ جاتا ہے۔۔۔ تم ایک بیوقوف نظر آرہے تھے —یا شاید ایک بے حد نیک آدمی —جس نے اپنے من کی شانتی کے لیے شیشے اور خون کا ملا جلا روپ چنا تھا —' وجیندر لہروں کی طرح شانت تھا —'بے حد شریف لوگ شاید سب سے بے رحم ہوتے ہیں۔ بے حد شریف لوگ خود ہی اپنی پریشانیوں کے خیمے لگاتے ہیں، اور

زندگی کے پریشان کن سفر میں بھی بے حد شرافت سے گزر جاتے ہیں —بے حد شریف لوگ صرف خود سے پیار کرتے ہیں یا خود سے ڈرتے ہیں —اپنی ضروری خواہشات سے 'کام واسنا' کی تکمیل تک وہ بے حد شرافت سے خود ہی دائرے 'کھینچتے' بناتے اور توڑتے رہتے ہیں۔ وہ بے حد ڈراؤنی آواز میں بولا تھا— سلیکھا میری بہن ہے تو کیا ہوا؟ ہے تو ایک عورت نا؟ عورت کو مرد میں شرافت نہیں، بھرے بھرے بالوں والوں والا ایک ریچھ چاہئے —ایک وحشی آدمی—۔ اس نے دھیرے سے بتایا —ابھی کچھ دنوں تک یہیں رہوں گا۔ ڈرو مت —تمہارے لیے رہوں گا۔ اور ہاں —تمہارے لیے ایک سرپرائز پیکج ہے۔ آگے بڑھ کر اس نے بیگ سے وہ پراسرار آلہ کھول لیا تھا پھر مین سوئچ میں پلک لگاتے ہوئے بولا تھا—ہم جس عمر کے بھی ہوں، تھک جاتے ہیں —گلوبل گاؤں کا سب سے بڑا تحفہ ہے —تھکان —سائبر سے کال سینٹر تک —آنکھوں سے جسم تک —ہم صرف خون کی جگہ تھکان لے کر زندگی کی ریس میں آگے بڑھنے کا ناٹک کرتے ہیں — جاگنگ پارک سے لافٹر کلب، 'یوگ' سے رام دیو کی چھوٹی چھوٹی ورزش یا دونوں انگلیوں کے ناخونوں کو آپس میں رگڑنے تک —ہم صرف اپنے حصے کی تھکان اتارنا چاہتے ہیں — پھر یہ تھکان اچانک ایک بند کمرے میں ہمارے لیے خوشیوں کے ہزاروں دروازے کھول دیتی ہے—۔ اور دوسرے ممالک کے، ہم سے زیادہ تھکے ہوئے پرندے، تھکن مٹانے کے لیے اپنے لباس اتارنے لگتے ہیں—۔ پینٹی اتاروں، برا—۔؟ تم وہ دکھاؤ گے —مسٹر وجیندر—۔؟ میں پوری طرح سے ننگی ہوں۔ تمہارا انتظار کر رہی ہوں—۔ ہاٹ چیٹ، سیکس—۔ ننگے جسم—۔ ننگی باتیں—۔ اس لمحہ میں لگتا ہے، طالبان جیسے مجرموں کے ہاتھوں ایٹم بم لگ گیا ہو—تہذیب ختم—۔ دنیا کا خاتمہ —صرف ایک بدنما جسم رہ گیا ہو—۔ اور جانوروں جیسا ننگا ناچ—۔ ہم ایک بے حد، مہذب صدی میں

سارے کپڑے اتار کر داخل ہو گئے ہیں۔۔۔'

وہ پراسرار آلہ کھل گیا تھا، جسے ہم آگے لیپ ٹاپ کے نام سے جانیں گے، مگر اس وقت وہ صرف ایک آلہ تھا۔ بیگ سے ہٹتے ہی، باہر نکلتے ہی میں رقص کرتی انگلیوں کے ساتھ ایک پراسرار پردے کی رنگین روشنیوں کو دیکھ رہا تھا — لیکن لفظ؟ دماغ صفر تھا۔ آنکھیں بیجان۔۔۔ اور جسم کسی لاش کی طرح — میں دیکھتے ہوئے بھی کچھ نہیں دیکھ رہا تھا — سنتے ہوئے بھی کچھ نہیں سن رہا تھا۔۔۔

رات سلیکھا دیر سے آئی — اس نے صرف وجیندر سے میرے بارے میں سنا۔ پھر اپنے کمرے میں چلی گئی — شاید ایک وقت آتا ہے، جب ہم ایک دوسرے کے ساتھ ہی جینا اور مرنا چاہتے ہیں — اور شاید ایک وقت آتا ہے، جب یہ رسمیں دھند میں ایسے کھو جاتی ہیں، جیسے کبھی ماضی کا حصہ بھی نہ ہوں — جیسے دو جسم ایک دوسرے کے لئے اُداس ہو کر — ایک دوسرے نظر چرانے لگتے ہیں۔

اسی رات — ایک واقعہ اور ہوا — بارہ بجے کے آس پاس آنکھیں کھل گئیں۔ ذرا سا ہوش آیا تھا — سر کے پچھلے حصے میں دنادن نگاڑے بج رہے تھے۔۔۔ دونوں پیروں میں پٹیاں بندھی تھیں۔ پھر بھی سہارا لیتے ہوئے اٹھ بیٹھا — دوسری طرف زمین پر وجیندر سو رہا تھا۔ اس کے خرّاٹے گونج رہے تھے۔ ڈری ڈری سلیکھا کا چہرہ آنکھوں کے پردے پر تیر رہا تھا۔ بچوں کی طرح دل تالیاں بجانے کو کر رہا تھا — خواہش ہوئی، سلیکھا کو دیکھوں — وہ کہاں ہے؟ صبح کیسے بھاگی تھی۔۔۔؟

بھاگ سلیکھا۔۔۔

اب دماغ میں میزائلیں چل رہی ہیں۔

بھاگ سلیکھا۔۔۔ بھاگ۔۔۔ لے۔۔۔ دیکھ۔ بندر۔۔۔ دونوں ہاتھوں کو بندر کی

طرح کر کے ڈراؤں —پاؤں کی پٹیاں بھول گیا۔ لنگڑاتے بستر سے اٹھا۔۔۔ دماغ سائیں سائیں۔۔۔ اسی حالت میں جانے کیسے طاقت آگئی تھی۔ چلتا ہوا سلیکھا کے کمرے میں پہنچ گیا۔ ہاتھ کے پنجے پھیلائے۔۔۔ دانت نپوڑے۔۔۔ منہ سے بندر کی آواز نکالی —کاؤں ۔۔۔ کاؤں —کمرے کا اندھیرا۔ بستر پر سوئی سلیکھا۔۔۔ تیز چیخ کے ساتھ، لائٹ جلا کر وہ دیوار سے لگی کانپ رہی تھی۔

چھوڑ دو مجھے۔۔۔ چھوڑ دو۔

کاؤں۔۔۔ کاؤں۔۔۔

چیخ سن کر دروازے میں داخل ہوا وجیندر ہنس رہا تھا—

یہ کیا شرارت تھی جیجو؟

کاؤں۔۔۔ کاؤں۔۔۔

'او دیدی۔۔۔ تم اتنی گھبرائی کیوں ہو۔۔۔؟'

اچانک وجیندر کو قریب محسوس کرتے ہوئے وہ اپنا خوف بھول گئی تھی— سلیکھا کی دہاڑ گونجی تھی۔۔۔ مہذب سماج میں پاگل کتوں کو شوٹ کر دیا جاتا ہے۔۔۔

'یہ کتّا نہیں ہے۔۔۔'

'کاؤں۔۔۔ کاؤں۔۔۔'

'کتّے سے بدتر ہے۔۔۔'

'کاؤں کاؤں۔۔۔'

وہ رو رہی تھی — 'بہت ہو گیا۔ اب اس سے میرا پنڈ چھڑواؤ وجیندر۔ یہ اپکار کرو۔ میں اس گھر میں نہیں رہ سکتی۔۔۔ لمبی سانس لیتے ہوئے وہ بولی تھی۔۔۔ میرے باس اوبرائے نے مکان کے لون بھر دیئے ہیں۔ میں نے ایک دوسرا فلیٹ دیکھا ہے۔ وہ اس

سے کم قیمت کا ہے۔۔۔'

'پھر—؟'

'اس کا پیسہ ایڈوانس میں لے کر بینک کا باقی قرض ادا کر دوں گی۔ پھر دوسرے فلیٹ میں چلی جاؤں گی—'

کاؤں۔۔۔ کاؤں۔۔۔

شاید نیم بیہوشی کی حالت میں بھی بہت کچھ سن رہا تھا۔ بلکہ مسکرا رہا تھا—دماغ کا تناؤ اتر گیا تھا۔ صرف صفر ہی صفر۔۔۔ بستر میں لیٹنے تک پاؤں بھاری بھاری لگ رہے تھے۔

'دیدی تمہیں چھوڑ دے گی۔۔۔'

کاؤں۔۔۔ کاؤں۔۔۔

'اوبرائے نئے فلیٹ کے لیے اسے لون دلائیں گے۔ شاید کچھ اور بھی۔۔۔'

کاؤں۔۔۔ کاؤں۔۔۔

انسان بنو جیجو۔۔۔ پاگل پن تمہیں مار ڈالے گا۔۔۔

بے دلی سے اس نے پر اسرار آلہ کھول لیا تھا—شاید رات کے وقت، اس ڈراؤنے ناٹک سے باہر نکلنے کے لیے، وہ تھرکتی پرچھائیوں میں اپنی تھکن پیوست کرنا چاہتا تھا۔۔۔ دماغ صفر ہوتے ہوئے بھی آنکھیں جاگ رہی تھیں۔۔۔ اسکرین پر ننگی حسیناؤں کے جسم روشن تھے۔۔۔

دماغ صفر ہوتے ہوئے بھی اندر کے اعضاء میں ایک کھینچاؤ محسوس کر رہا تھا۔۔۔

۱۳ اکتوبر ۲۰۰۷

بعد کے دو دن بھی عجیب سے گزرے—اب سوچتا ہوں تو شاید آنکھوں کے آگے صرف ایک لال رنگ رہ گیا تھا۔ سامنے کی پرچھائیں اسی لال رنگ میں نہائی ہوئی لگتی تھی

—شاید کوئی بھی آواز میرے کانوں سے نہیں ٹکرا رہی تھی —بس ایک ہلکی پِپ کی آواز ---آنکھوں کے آگے جیسے صرف ایک لال دائرہ —سامنے کا ہر ایک چہرہ ان لال پرچھائیوں میں سمٹ گیا تھا۔ دماغ بوجھل تھا۔ شاید دماغ کچھ بھی سوچنے سمجھنے کی صلاحیت کھو چکا تھا۔ یہ وجیندر کے ذریعے لائی گئی دوائیوں کا نتیجہ تھا۔ جس نے مجھے گہری نیند سلا دیا تھا— لیکن دوا کا اثر کم ہوتے ہی وہ بندر پھر سے زندہ تھا۔

کاؤں---کاؤں---

سلیکھا مار ڈالے گی مجھے---

کاؤں---کاؤں---

بہت گندی ہے سلیکھا---

کاؤں---

اب یاد کرتا ہوں تو جیسے یادوں کی کسی حسین کشمیر میں —کسی ڈل جھیل کے کنارے —یا کسی حسین شکارے پر، یا کسی برف پوش وادی میں سلیکھا کے دھندلے پڑ گئے چہرے کے نقوش مجھے پھر سے بے چین کر دیتے ہیں —تب میں پینتس کا تھا اور سلیکھا پچیس کی — لیکن وہ پیار میں عمر کی کسی حد کو نہیں مانتی تھی---

'مان لو اگر اُلٹا ہوتا تو —یعنی میں ۳۵ کی ہوتی اور تم---؟'

اس کی آنکھیں سچ مچ کشمیر کی ڈل لیک بن جاتیں، جن پر چپّو چلاتا میں محبت کے حسین شکارے کو بس دور تک بہتا ہوا دیکھتا رہتا---

شاید سب کچھ ایک طلسم کی طرح ہے —جینا ایک راز ہے —اور جیسا کہ اس چینی فلاسفر نے کہا تھا' —ماضی، تاریخ سے زیادہ صرف ایک 'مسٹری' ہے —ایک جادو کا ڈبّہ، وہاں صرف ان چیزوں کو محسوس کرو، جو تم سے چھوٹ گئی ہے--- ایسے واقعات جو

بے حد حسین تھے —یا شاید تم بھی، جب ماضی میں کسی کی انگلیاں پکڑے چل رہے تھے ---

لیکن شاید آج کی سلیکھا میں وہ ماضی کہیں دفن ہو چکا ہے —اسے کسی شمشان، مرگھٹ یا قبرستان سے زندہ بھی کرنا چاہوں تو کامیاب نہیں ہو سکتا۔

۱۴ اکتوبر ۲۰۰۷

حالت ویسی ہی بنی ہوئی تھی —ڈاکٹر میری دماغی حالت کو لے کر فکر مند تھے۔ شاید کوئی بھیانک صدمہ —شوگر لیبل ہائی —بلڈ پریشر بھی ضرورت سے زیادہ بڑھا ہوا۔ اٹیک آسکتا تھا۔ برین ہیمبرج یا پھر--- وجیندر کو فکر تھی کہ میں آہستہ آہستہ موت کی طرف بڑھ رہا ہوں۔ ورنہ اتنی ساری بیماریاں ؟ یہ بیماریاں اچانک تو نہیں آئی ہوں گی۔ کیا میں برسوں سے اندر ہی اندر گھلتا جا رہا تھا؟ کیا سلیکھا کی وجہ سے---؟ تو کبھی اس سے کھل کر باتیں کیوں نہیں کی؟ دونوں بیٹھ کر اندر پسری اداسی کو ایک راستہ تو دے ہی سکتے تھے --- لیکن شاید ضرورت سے زیادہ کھل جانے اور اچانک 'پر' (پر نہیں طاقتِ پرواز مگر رکھتی ہے۔) مل جانے کی امید نے اسے ایک باغی عورت میں تبدیل کر دیا تھا —ایک ایسی عورت 'جو اب دوسرے کمرے میں سوتی تھی۔ اس سے گھریلو مسائل کے علاوہ کسی بھی مدعے پر بات نہیں ہو سکتی تھی۔ نئے کپڑے، نئے موبائیل، نئی اڑان--- اور محض نبھائے جانے کے رشتے پر غور کرتا ہوا میں صرف ایک نامرد بھر رہ گیا تھا —اپنی ہی آگ میں جلتا۔ اپنی ہی تسلی یا تسکین سے خود کو بہلاتا یا اپنی عام خواہشات سے لڑتا، بستر پر شہید ہو جانے والا ایک نامرد---

اس رات میں نے ایک اور حرکت کی —رات گیارہ بجے تک سلیکھا نہیں آئی تھی۔ وجیندر پاس ہی بیٹھا اس پراسرار آلہ میں الجھا ہوا کیم اسکرین پر روشن پریوں سے دل

بہلا رہا تھا۔

وہ کب کیسے کچن سے سبزی کاٹنے والی چھری لے کر سلیکھا کے بیڈ روم میں پہنچ گیا، نہیں جانتا۔۔۔ اندر نفرت کی تیز آگ، جیسے کسی جانور میں تبدیل کر رہی تھی۔۔۔

اچانک آہٹ ہوئی۔ اور ماحول میں ایک تیز گونج گئی — وجیندر کا ہاتھ پکڑے سلیکھا آنکھیں پھاڑے چیختی۔۔۔ لمبی لمبی سانسیں لیتی ہوئی جیسے 'بابل' کے ہلتے مینار میں تبدیل ہو گئی تھی — سامنے میں کھڑا تھا — ہاتھ میں چاقو پکڑا تھا۔۔۔ بستر کے تکیے اُدھڑ گئے تھے ۔۔۔ اس کی روئی بستر پر بکھری تھی۔۔۔

وجیندر نے آگے بڑھ کر ہاتھوں میں چاقو لیا — اور مجھے لے کر سیدھے میرے کمرے میں آ گیا۔۔۔

۱۶ اکتوبر ۲۰۰۷

پچھلی رات والے واقعہ کی تفصیل مجھے وجیندر سے ملی۔

'وہ مینٹل ہو چکا ہے؟' سلیکھا روتی ہوئی کانپ رہی تھی۔

'نہیں دیدی۔۔۔'

'وہ مجھے مارنے آیا تھا۔ تم نے دیکھا نا۔۔۔ میرے بستر کی کیا شکل بنا دی اس نے۔ اس کے ہاتھ میں چاقو تھا۔ وہ مجھ پر حملہ کر سکتا تھا۔'

'میں دعوے کے ساتھ کہہ سکتا ہوں، ایسے لوگ حملہ نہیں کر سکتے۔'

'لیکن کیسے کہہ سکتے ہو۔۔۔'

'کیونکہ جیجو جو کچھ بھی کرتے ہیں، تمہاری غیر حاضری میں کرتے ہیں — تمہارے سامنے ہمت نہیں پڑتی — اب دیکھو نہ دیدی۔ برسوں کی محبت کے بعد اگر وہ محسوس کرتے ہیں کہ اب تمہارے اندر محبت باقی نہیں رہ گئی ہے۔۔۔'

'تو کیا یہ صرف میری غلطی تھی؟'

'نہیں دیدی۔ میں یہ نہیں کہہ رہا۔ شاید جو تمہارے لیے قابل قبول رہا ہو، وہ جیبجو کے لیے نہیں رہا۔ جیسے نئی ہوا، نیا ماحول یا نئی اڑان۔۔۔'

'اگر وہ نہیں بدلے، تو اس میں میری کیا غلطی۔۔۔؟' سلیکھا چیخ رہی تھی — بس بہت ہو گیا۔ اب یہ آدمی جان بھی لے سکتا ہے میری۔ ڈاکٹر سے بات کرو اور اسے مینٹل ہاسپٹل بھجواؤ۔ اس سے آگے میں کچھ بھی نہیں سننا چاہتی۔۔۔'

'جیبجو کو ایک موقع اور دو دیدی۔ بس ایک موقع۔ کل میں ڈاکٹر راجیندر سے پھر بات کروں گا۔ اگر ضرورت محسوس کی گئی تو کسی سائکریٹس سے۔۔۔'

'فالتو میں پیسہ برباد کی کوئی ضرورت نہیں ہے۔' سلیکھا نے پانچ سو کے دو نوٹ اس کی طرف بڑھائے — ڈاکٹر سے بات کرو اور پاگل خانے میں مرنے دو بڑھؤ کو۔ 'ایسے بھی اس کے پاس جینے کے لیے کچھ نہیں رہ گیا ہے۔۔۔'

حیرت زدہ وجیندر اس خالی جگہ کو دیکھ رہا تھا، جہاں ابھی کچھ دیر پہلے دیدی کھڑی تھی — کتابوں اور ناٹک کے شوقین وجیندر کی آنکھوں سے جیسے اس وقت دنیا کا سارا ادب ایک ایک کر کے گزر گیا تھا — پھر ایک دن ہم، اسی بے رحم بازار کا حصہ بن جاتے ہیں — پھر محبت خاموش ہو جاتی ہے۔ پھر ہم بھی گم ہو جاتے ہیں۔

۱۸ اکتوبر ۲۰۰۷

تین چار دن گزر گئے تھے۔ پٹیاں کھل گئی تھیں۔ زخم کسی قدر بھر گیا تھا۔ وہ صبح عام صبح سے کچھ الگ تھی۔ وجیندر نے نیلی جینس اور سفید ٹی شرٹ پہنی ہوئی تھی۔ دو دن پہلے اس نے سائیکریٹس سے وقت لیا تھا۔ اس نے کیا پوچھا — کچھ یاد نہیں — میں نے کیا جواب دیا، شاید یہ بھی یاد نہیں — ڈاکٹر اور وجیندر کچھ دیر آہستہ باتیں کرتے رہے

—پھر ہم گھر چلے آئے۔ وجیندر زیادہ تر خود میں کھویا رہا۔ پرانی دوائیوں کی جگہ کچھ نئی دوائیاں آگئی تھیں۔۔۔ اس دن ناشتے کے بعد وجیندر کچھ دیر تک غور سے میری طرف دیکھتا رہا۔ پھر بولا۔

'میں کچھ دنوں کے لیے رک گیا ہوں جیجو۔ لیکن مجھے جانا تو ہوگا نا۔۔۔ اور اگر میں چلا گیا تو—؟ تم دیدی سے آپسی مکالمے کے دروازے بھی بند کر چکے ہو۔۔۔ پھر—؟ شاید دنیا اس لیے بے حد بری ہو گئی ہے کہ ہم سارے جذبوں کو ایک ایک کر کے ختم کرتے چلے جا رہے ہیں۔ ممکن ہے دیدی یہ سوچ کہ تمہیں مرنا ہی ہے—پھر تمہارے لیے وہ خود کو کیوں مارے؟ ایک نئی زندگی باقی ہے۔ اس کے پاس—جہاں تمہارے بغیر بھی، شاید تم سے زیادہ بہتر طریقے سے وہ اپنے لیے تاروں بھرا آسمان چن سکتی ہے—مگر تم—؟ تم تو یوں ہی دیکھتے دیکھتے مر جاؤ گے۔۔۔' وہ گھوما—اس کی آنکھیں نم تھیں—ہیمنگ وے نے کہا تھا—زمین کا ایک ٹکڑا بھی سمندر بہا کر لے گیا تو زمین کم ہو جاتی ہے۔ ایک بھی آدمی مرتا ہے تو، انسانی برادری میں کمی آجاتی ہے—پھر کیوں مرنے دوں تمہیں—؟ یہاں کوئی جذباتیت، آدرش یا رشتے نہیں ہیں—شاید اسی لیے میں رک گیا۔۔۔ زندگی بھر نہیں رک سکتا۔ پاگل مت بنو—میری بات سنو۔۔۔

ٹہلتے ہوئے وہ دہاڑا تھا—'سنو جیجو۔ چہرے کو شمشان بنانے سے کام نہیں چلے گا—جاگو۔ اٹھو، دیدی تمہیں پاگل کہتی ہے—لیکن میں جانتا ہوں تم پاگل نہیں ہو—اس نظام میں کون پاگل نہیں ہے۔ میں؟ دیدی یا تم؟ میں نظام کو قصوروار نہیں کہتا، کیونکہ یہ سسٹم ہم نے ہی تیار کیا ہے۔ جہاں ایک بڑا سا مین ہول ہے۔ گٹر۔۔۔ اور ہم آہستہ آہستہ یہاں اپنا کوڑا ڈالتے جا رہے ہیں—اس سسٹم نے صرف ایک چیز سکھائی ہے—اڑنا ہو تو سامنے والے کے پر کاٹ دو—سب اپنی خواہش، اپنی آزادی اور اپنے آسمان کے لیے خود

غرض ہو چکے ہیں — مگر جیبجو، اس سسٹم میں مر جانا کوئی حل نہیں ہے — اور نہ یہ تمہاری عمر مر جانے کے لیے ہے۔۔۔

وہ دوبارہ میرے پاس آکر بیٹھ گیا۔ وہ ہنس رہا تھا — 'پینسٹھ سال کی عمر میں رچرڈ گیئر ہماری شلپا شیٹی کو کس کر سکتا ہے — ان کے جیمس بانڈ، زیرو زیرو سیون پچاس سے زیادہ عمر میں ہزاروں فٹ کی بلندی سے کودنے کا فیصلہ لیتے ہیں اور جیبجو تم —

وہ مسکرا رہا تھا — سچ کہوں تو یہ دنیا بہت حسین ہے جیبجو۔ مگر ان کے لیے جو جینا جانتے ہیں۔

اُس نے لیپ ٹاپ اوپن کیا۔۔۔ چہرے پر مسکراہٹ تھی۔۔۔ دیدی بری نہیں ہے — تمہیں چھوڑ کر اگر وہ کہیں اور اپنی خوشیاں تلاش کرتی ہے تو اس میں برا کیا ہے — ؟ یہ تلاش تم کیوں نہیں کرتے — جب تم دونوں کے درمیان بے حد نراشا یعنی ناامیدی کے دن چل رہے ہوں گے، اس نے اپنی تلاش شروع کر دی ہو گی — ایک نئی زندگی۔ ایک نیا آسمان — ویسے صرف نبھائے جانے کو میں شادی شدہ جوڑے کی کمزوری مانتا ہوں — رشتے چل نہیں پا رہے تو اپنی مرضی سے اپنی نئی خوشیاں تلاش کر لو۔

لیپ ٹاپ پر اس کی انگلیوں کا رقص جاری تھا۔ اسکرین روشن تھا۔ اس نے یاہو میسنجر کھول لیا تھا۔۔۔ ہاتھ چیٹ پر تیز تیز چل رہے تھے۔۔۔ کوئی فلورایا، کوئی عینا، کوئی جسمین۔۔۔ ڈڈیو جسٹ ام۔۔۔ می؟ ہائے۔ آئی ایم ۱۸ اہاٹ فیمل — آئی ایم گیٹنگ نیکڈ اون مائی ویب کیم — واناسی — لوکنگ فار سم کمپنی سیکسی — ؟

وہ ہنس رہا تھا — دیکھو جیبجو میں جانتا ہوں سب دیکھ رہے ہو تم — پاگل پن کا ڈھونگ مت کرو — دیکھو، یہاں سب اپنی تھکان مٹانا چاہتی ہیں۔ آپ کو ریلیکس کرانا چاہتی ہیں۔ آپ کے آن لائن ہوتے ہی سمجھ جاتی ہیں کہ آپ چاہتے کیا ہیں۔۔۔ کبھی

کبھی کارل مارکس، لینن اور دوستوو سکی کا ادب پھینک کر سب کچھ بھول جانے کی خواہش ہوتی ہے —کچھ دیر، دنیا بھر کی الجھنوں سے الگ، ان ہاٹ پریوں کے ساتھ۔۔۔ وہ دیکھو جیجو۔۔۔ اس نے سارے کپڑے اتار دیئے ہیں۔۔۔ ہندوستان سے پاکستان، شری لنکا، نیپال اور ایران تک —یا پھر رومانس چیٹ روم کی یہ بند اس پریاں —جیسے دنیا میں صرف ایک چیز رہ گئی ہے —بھوک —یہ بھوک صرف وہیں نہیں ہے —ذرا اپنے انڈیا کے روم میں تو جا کر چیٹ کرو —سترہ سے ستّر تک کی عورتیں جیسے سب کچھ بھول کر ہاٹ اور سیکس کا مزا لینا چاہتی ہیں۔ یہ اسکول اور کالج کی لڑکیاں پڑھتی بھی ہوں گی۔ کچھ سرکاری محکموں میں —کچھ ہاؤس وائف بھی ہوں گی —مگر کیوں جیجو۔۔۔؟ کیونکہ دماغی الجھنوں اور دباؤ سے کچھ لمحہ ہم آزادی چاہتے ہیں —غلط یہ ہے کہ سیکس پر ہم کبھی بات کرنے کو تیار نہیں ہوئے —یہ لڑکیاں بھی ہاٹ چیٹ کے بعد سب کچھ بھول کر ایک عام لڑکی یا عورت میں تبدیل ہو جاتی ہوں گی۔ کچن میں چائے تیار کرتی ہوئی —یا کالج کے نوٹس تیار کرتی ہوئی —بھوک ہے تو بھوک کا اقرار کرتے ہوئے شرمندگی کیسی؟ جسم میں آگ ہے تو اسے ٹھنڈا کر کے کیسے جیا جا سکتا ہے —؟ یہاں تہذیب و روایت کی کوئی تھیوری کام نہیں کرتی۔ اس لیے میں کارل مارکس اور پریم چند کو پڑھتے ہوئے بھی ان کا ساتھ چاہتا ہوں کہ یہ مجھے آسانی سے حاصل ہو جاتی ہیں۔

ایک لمحے لے لیے میری پلکیں ہلی تھیں شاید۔۔۔ اسکرین پر ننگی ۲۰ سالہ لڑکی اپنے حسین، پرکشش، ننگے جسم کی نمائش کر رہی تھی —بس ایک لمحے کو۔۔۔ بُم۔۔۔ بُم ۔۔۔ بُم۔۔۔ بُم۔۔۔ بُم۔۔۔ آنکھیں پھر سکڑ گئی تھیں۔۔۔

وجیندر لوٹ آیا تھا —میرے چہرے کے ری ایکشن کو دیکھتے ہوئے ہنس رہا تھا — 'سالے جیجو دیکھ۔۔۔ نو۔۔۔ یہاں یہاں ہاتھ رکھو۔۔۔ کمپیوٹر کی طرح یہاں ماؤس نہیں

ہے۔ بس آپ کی انگلیوں کا لمس۔ دو چار بار پریکٹس کرو گے تو سب آ جائے گا۔ پہلے تمہاری میل آئی ڈی بناتے ہیں۔۔۔ پھر میسنجر پر چیٹ کرنا۔۔۔

کچھ دیر تک وہ میرے بے حرکت ہاتھوں کو چلانے کی پریکٹس کراتا رہا۔ اب وہ خوش تھا—'جیجو دیکھو۔۔۔ دیکھو۔ یہ گوگل ہے، یہ جی میل، یہ آرکٹ۔۔۔ یہ فیس بُک۔۔۔ ساری دنیا تمہارے پاس ہے۔ اپنی تنہائیاں شیئر کرو۔ اپنی اُداسیاں بانٹو اور بھول جاؤ کہ دنیا کیا کہتی ہے۔۔۔ کیونکہ دنیا تمہاری پروا نہیں کرتی—اور نہ ہی دنیا تمہارے جسم کی بھوک سے واقف ہے—تم جلدی بوڑھے اس لیے ہو گئے کہ تم نے خود کو تمام خوشیوں سے محروم کر لیا تھا۔

پلکیں ایک لمحے کو پھر ہلی تھیں۔۔۔ جیسے اچانک دماغ میں تیز سنسناہٹ سی دوڑ گئی ہو۔۔۔

لیکن کیا وہ سب کچھ جو وجیندر کہہ رہا تھا، کیا ممکن تھا میرے لیے—میں ایکیوریرم کے باسی پانی میں رکھی بے جان مچھلی کی طرح مردہ تھا—سانسیں تو چل رہی تھیں، لیکن دماغ سے جسم تک سب کچھ ایک بے جان روح کی طرح سرد۔

۱۱۶ اکتوبر ۲۰۰۷

اچھی بات صرف ایک ہوئی کہ اس درمیان میں 'وائلڈ' نہیں ہوا—ممکن ہے۔ یہ دوا کا بھی نتیجہ ہو۔ اس درمیان اکثر ایسا ہوتا جب وجیندر لیپ ٹاپ لے کر میرے سامنے ہی شروع ہو جاتا۔۔۔ دنیا بھر کی پریوں کا رقص—چیٹنگ کرتے ہوئے اس کی تیز تیز چلتی انگلیاں۔۔۔ وہ مجھے لگاتار ایک انوکھی دنیا کو جیتنے کے لیے پریکٹس کرا رہا تھا۔۔۔

اس دن وہ دیر سے آیا۔ لیکن اس سے پہلے ایک چھوٹا سا واقعہ ہوا۔ سلیکھا کسی مرد کے ساتھ آئی تھی۔ شام کے آٹھ بجے ہوں گے۔ میں صرف اتنا دیکھ سکا، دونوں ایک

دوسرے کے گلے میں بانہیں ڈالے ہوئے تھے۔ دو گھنٹے کے بعد وہ مرد باہر نکلا تھا—شاید سلیکھا اسے گیٹ تک چھوڑنے گئی تھی۔ واپس لوٹتے ہوئے میرے کمرے کے پاس آکر ٹھٹھکی وہ۔۔۔

'اب طبیعت کیسی ہے تمہاری؟'

میں نے صرف چہرہ اٹھا کر دیکھا تھا۔ وہ ٹھہری نہیں۔ واپس لوٹ گئی — لیکن اس کے چہرے کی خوشی اس کے پورے وجود سے پھوٹ رہی تھی۔

دوسرے دن صبح صبح فریش ہونے اور کپڑے بدلنے کے بعد وجیندر میرے پاس آ گیا۔

'سنو جیجو۔ میں ایک ہفتہ کے لیے باہر جا رہا ہوں۔ یہ اپنی دوائیاں سمجھ لو۔ اور ہاں —اب تمہیں اپنا کیئر خود کرنا ہے —دیدی کھانا بھی نہیں دینے والی —گھر سے باہر نکلو تو ڈھیر سارے ڈھابے ہیں — پھل والے ہیں۔ جوس کی دکان ہے۔ زندگی قیمتی چیز ہے اور بہادری وہی ہے جو مرتے دم تک ہار نہیں مانے۔۔۔

جاتے ہوئے وہ ٹھہرا۔۔۔ اور ہاں۔ لیپ ٹاپ چھوڑے جا رہا ہوں۔ تمہیں اپنی آئی ڈی اور پاس ورڈ یاد ہے نا۔۔۔

وجیندر کے جانے کے بعد بھیانک سناٹے کا احساس ہوا تھا—جیسے سلیکھا کے ہوتے ہوئے بھی ایک دم سے تنہا ہو گیا ہوں —کوئی بھی نہیں —زندگی کے راستوں کا مقابلہ کرنے کے لیے ایک دم تنہا۔۔۔ دماغ میں ابھی بھی سنسناہٹ تھی۔ دکانیں کھلی تھیں ۔۔۔ باہر سڑکوں پر لوگوں کی آمد و رفت جاری تھی۔ گاڑیاں، ریہڑی والے — سجی ہوئی دکانیں —بہت دنوں بعد میں بغیر کسی سہارے کے اس حسین صبح کا احساس کر رہا تھا۔۔۔ آنکھوں کو سورج کی روشنی چندھیا رہی تھی۔ آہستہ آہستہ چلتے ہوئے سڑک پار کیا —

کھانے کے لیے کچھ سامان خریدے اور گھر لوٹ آیا۔

یہاں ڈائری کے اوراق نہیں ہیں

زندگی کی اُن خاموش رضامندیوں کو، جہاں خود ہی ایک راستہ بن جاتا ہے —شاید میں نے بھی خاموشی سے آگے بڑھتے ہوئے ان نئے راستوں کو اپنی رضامندی دے دی تھی —آدمی کی اپنی ترقی کے راستے میں نہ لالچ ہے نہ بے حیائی —نہ تہذیب اور نہ ہی آگے بڑھنے کے راستے میں کوئی بھی شے کبھی رکاوٹ بنتی ہے —صرف ایک خاموش رضامندی —یہاں اس ڈائری کا خاتمہ ہوتا ہے، جو ایک ایسے انسان کے ذریعے لکھی گئی جو اپنی بیوی کے اُداس رویّے سے ڈر کر —خود کو غیر محفوظ سمجھتے ہوئے ایکیوریم کی مردہ مچھلی کی طرح ہو گیا تھا —جسے ایکیوریم کے باسی پانی راس نہیں آئے تھے۔۔۔

کامتاناتھ کا کیا ہوا، اسے جاننے کے لیے آپ کو ذرا سا ٹھہرنا پڑے گا۔ یا پھر وجیندر کا کیا ہوا؟ سلیکھا کیا اپنے نئے مکان میں چلی گئی؟ لیکن ان سب سے پہلے زندگی کے میں تیزی سے آنے والی تبدیلیوں کا سچ جاننا ضروری ہے —جہاں ہماری تہذیب میں صدیوں سے دبے ہوئے آتش فشاں کا دھماکہ ہوا تھا —آپ اسے اخلاقیات یا روایت کے ٹوٹنے سے مت جوڑیئے —یا یہ کہ سب کچھ اسی انداز سے چلتا رہا تو ہمارے اقدار کا کیا ہو گا؟ بس یہیں ہماری کہانی آپ کے صدیوں کے سنسکار سے لڑتی نظر آتی ہے —نیلے لیوائی جینس پہنے ہوئے وجیندر کو دیکھ لیجئے، جس کے لوبیس سے اس کے برانڈ انڈ ویئر کو دیکھ کر اس کی گرل فرینڈ مسکرا سکتی ہے —اور اپنی گرل فرینڈ کی 'برا' کے بینگی اسٹریپ کو دیکھ کر وہ کہہ سکتا ہے —یس 'ہم برانڈ کی دنیا میں وہ سب دکھانے میں جھجھک محسوس نہیں کرتے جسے آپ صدیوں سے چھپاتے آئے تھے —وہ سیکس اور مسرت کی باتیں ایسے کر سکتے ہیں جیسے آپ بہاریؔ کے دوہے اور غالبؔ کی شاعری پر باتیں کر رہے ہوں —سیکس

نئے ماحول میں اخلاقیات کی اپنی تعریفیں تیار کر رہا ہے، جہاں مرد عورت دونوں اپنا پورا ہوم ورک تیار کر کے ملتے ہیں — آر کڈ یا کنڈوم کیسا ہو —؟ سیکس کے بعد مارٹن لا کر دینا —یا پھر کمرے میں خوشبودار موم بتیوں سے ماحول بنانا — نہیں معلوم کہ کہانی کے ہیرو کامتاناتھ نے اسے کس طور پر لیا—ڈائری کے آخری صفحات تک وہ اس پر اسرار آلہ یعنی لیپ ٹاپ کے ذریعے، اس نئی تہذیب میں اپنی ذہنی تکلیف کے ساتھ داخل ہو گیا تھا — اور پھر جیسا کہ اس نے بتایا—دودن لگے تھے اسے لیپ ٹاپ پر اپنی انگلیوں سے چھونے اور جگہ بنانے میں ـ۔۔ آہستہ آہستہ اندر تک تناؤ کم ہوا تھا — میسنجر کھولنے اور چیٹ روم جانے تک ایک دلچسپ ایکسپرینئس رہا— ۵۰ سے زیادہ عمر کے آدمی کے ساتھ بھلا کون چیٹ کرنے کو تیار ہوتا ہے۔ لیکن آہستہ آہستہ تناؤ کم ہوتے ہی سوجھ بوجھ اور سازش کے جالے اپنا سر نکالنے لگے تھے۔۔۔ جیسے اس نے میل بارن کی اس لڑکی کو اپنے بارے میں بتایا— میل ۳۵ انڈیا۔ اور یہ کہ اس کے پاس کیم نہیں ہے۔

یہ وجیندر کے جانے کے بعد کی تیسری رات تھی۔۔۔ کمرے میں نشیلی بارش شروع ہو چکی تھی —وہ آدمی گم تھا، جو ابھی کچھ دن پہلے ڈارون کے بندر میں تبدیل ہو گیا تھا—یا پھر زمین پر بکھرے شیشے کے انگنت ٹکڑوں میں اپنا پاؤں شہید کر بیٹھا تھا۔۔۔ دماغ کے جھنا کے بند تھے —لیپ ٹاپ اسکرین پر پریاں روشن تھیں۔۔۔ ہاتھوں کی انگلیوں میں خون کی گردش بڑھ گئی تھی۔۔۔

اس کے ٹھیک دوسرے دن تک اپنے ملک سے لے کر فلپائن تک کئی چیٹ فرینڈ بن چکی تھیں۔۔۔ اور جیسے اندر سے ایک مردہ روح نے پہلی بار ایکیوریم سے باہر آکر اپنی زبان نکالی تھی۔

'وہ جینا چاہتا ہے۔'

اور جیسے اس دن، اس ہندوستانی عورت سے بات کرتے ہوئے وہ چونک گیا تھا—وہ ٹیچر تھی۔ عمر ۳۷ سال۔ شادی نہیں کی تھی۔ وہ بتا رہی تھی۔

'تم نے اپنی عمر اوڑھ لی ہے—نکلو اس سے۔'

'لیکن کیسے۔۔۔؟'

'کیونکہ عمر کوئی چیز نہیں ہوتی۔۔۔'

'اگر میں کہوں کہ میں ۵۲ کا ہوں۔۔۔'

وہ ہنسی تھی۔۔۔ 'تو تم ابھی نئے سرے سے جنم لے رہے ہو—اپنی عمر کو ریفریجریٹر میں ڈال کر باہر نکالو۔ کول۔۔۔'

'زندگی اتنی کول بھی نہیں۔'

'ہے۔۔۔ لیکن پہلے عمر کو نکالو۔'

'یہ تمہارے ماضی میں نہیں بستی۔ ماضی میں صرف بھوت بستے ہیں—بھوت کو جسم سے جھاڑ دو—پھر اپنے جسم کو دیکھو۔ ایک نوجوان اپنی ساری توانائی اور آگ کے ساتھ جاگ رہا ہے تم میں۔'

پہلی بار، بہت دنوں بعد کامتاناتھ نے خود کو آئینے میں دیکھا۔۔۔ الجھے، سفید بال۔ بڑھی داڑھی۔۔۔ اور جسم کی جگہ۔۔۔ جیسے ایک بوسیدہ ڈھانچہ—اس ڈھانچے کو بدلنا تھا—وارڈروب کھولا—لیوائس کی نیلی جینس نکالی۔ اس سے میچ کرتا، شرٹ—شیو کیا—جینس ٹی شرٹ پہن کر وہ ایک بار پھر آئینے کے سامنے تھا۔۔۔

ٹھہریئے —ابھی اُسے، باہر نکلنا ہوگا—شاپنگ کرنی ہے۔ واپس آکر دوبارہ لیپ ٹاٹ پر بیٹھنا ہے۔ شالنی اور کیتھرین کو وقت دیا ہے اس نے۔

کہانی یہیں تک ہے۔

لیکن کہانی ختم نہیں ہوئی — کہانی ابھی جاری ہے — ممکن ہے آنے والے دنوں میں آپ مسٹر کامتاناتھ کو کسی کیتھرین، کسی ڈور تھی، مسز مہتہ یا مسز کھنہ کے گھر بھی دیکھ سکتے ہیں۔ یا ممکن ہے، وہ کسی کے ساتھ 'لیونگ ریلیشن شپ' کے مزے لے رہے ہوں — کچھ بھی ممکن ہے۔ وہ مسلسل خود پر توجہ دے رہے ہیں۔ بالوں میں کالی مہندی لگانا، مونچھوں کے بال رنگنا۔ صبح اٹھ کر جاگنگ کرنا۔

ایک دن وجیندر آ کر اپنا لیپ ٹاپ لے گیا — سلیکھا نئے گھر میں چلی گئی۔ جس وقت سلیکھا آخری بار ملنے آئی تھی، کامتاناتھ اس سوچ میں ڈوبے تھے کہ آر کڈ اور رجنی گندھا میں بہتر کون ہے —؟ اور کیا سر کے بالوں کو چھپانے کے لیے اُنہیں ایک اچھا سا ہیٹ لے لینا چاہئے —؟

اس لیے وہ پلٹ کر یہ بھی نہیں دیکھ سکے کہ جاتے وقت سلیکھا کی آنکھیں ذرا سی نم تھیں —شاید ماضی کے گھنے بادلوں کے ساتھ ایسے حادثے ہوتے رہتے ہیں — سلیکھا ۔۔۔ ذرا دیر کو ٹھہری —پھر نم آنکھوں کو پونچھنے کے بعد آگے بڑھ گئی۔۔۔

اُنہیں پیچھے پلٹ کر دیکھنے کی ضرورت ہی نہیں تھی —

***

مشرف عالم ذوقی کے افسانوں کا ایک اور مجموعہ

آخری فریم

بین الاقوامی ایڈیشن جلد منظر عام پر آرہا ہے